三屋咲悠
illustration:okiura
15.
劍雲炎華
學戰都市
U0013445

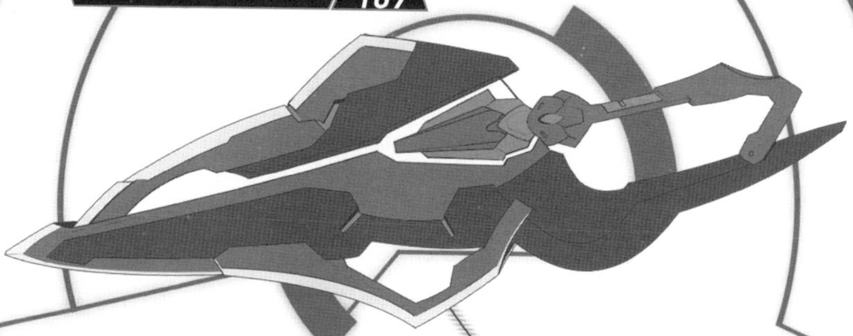

ser-versta

彩頁・本文插圖・okiura

contents

第一章　布石錯綜

「──非常感謝您。」

見到低頭致謝，離開診療室的女性，尤莉絲便迅速躲進走廊的轉角後。

（綾斗的姊姊怎麼會在這裡……？）

尤莉絲悄悄探頭一瞧，只見身穿星獵警備隊制服的女性──天霧遙直接走向後方的電梯。即使自己並未做虧心事，可是與她面對面實在難掩尷尬。所以再靜觀其變一段時間比較好。

治療院的診療區並列著幾間診療室，遙剛才離開的那間是屬於院長，陽‧科貝爾的。院長是大忙人，很少診治普通傷勢或疾病。

如此一來……

「哦，原來是尤莉絲小姐啊。」

「！」

突然有人從身旁開口，尤莉絲嚇得忍不住瑟縮。

仔細一瞧，是露出天真笑容的遙。

「剛才稍微感覺到視線，才過來看一下。」

照理說尤莉絲已經極力壓低氣息，真不愧是綾斗的姊姊。

「……您好，好久不見了。」

無奈之下，尤莉絲略為一行禮。

「嗯，妳也是。尤莉絲小姐妳是……噢，對了，為了右手的傷。」

「……是的。」

尤莉絲輕輕以左手按著以簡易石膏固定的右手。這是上一場《王龍星武祭》第五輪比賽中，戰勝武曉彗的代價。

即使應用落星工學的醫療技術大幅進步，依然尚未出現能立刻完全治癒骨折的技術（除了運用治療能力者的力量以外）。但只要使用止痛藥，即使無法活動，也能抑制疼痛以免妨礙戰鬥。尤莉絲是來領取止痛藥的處方。

「似乎……很難說沒事呢。但是妳下一場比賽不戰而勝吧？」

「是的，很幸運。」

「然後再下一場比賽則是——」

說到這裡，遙突然閉口不語。

沒錯。尤莉絲在準決賽遭遇的對手，是綾斗與梅小路冬香決鬥的勝利者。

冬香很強。不，準確來說，強的是冬香驅使的式神，名叫魏嶽。能擊敗聖嘉萊多瓦思學園的諾愛兒·梅斯梅爾，他的力量可能足以匹敵武曉彗。畢竟不論魏嶽或冬香，肯定都尚未揭曉自己的所有底牌。目前剩下的七名選手中，她毫無疑問是最深不見底的對手。

但尤莉絲依然確信，能晉級準決賽的人會是綾斗。

因為之前不論面對任何強敵，綾斗都一定會克服。至少在《星武祭》的舞臺上是這樣。

所以尤莉絲才會既痛苦又煎熬。

再這樣下去，會與綾斗——

「欸，尤莉絲小姐。能不能借用一點時間？」

「……咦？」

遙以婉約溫柔的聲音，向別過視線低下頭去的尤莉絲一笑。

「關於自己能說的內容，我認為應該先清楚告訴妳比較好。」

在尤莉絲不知如何回答而詞窮之際，遙的視線望向前方不遠，設置在休息區的沙發。

「——我知道了。不過我沒什麼能透露的內容喔？」

尤莉絲還是先提醒。

但遙依然面露溫柔的笑容點頭。

「嗯，沒關係。只是我有些話想先告訴妳。」

兩人結伴坐在沙發上。冬季的陽光隔著玻璃，顯得有些刺眼。玻璃的另一側是中庭，長青樹的樹葉迎風微微搖曳。形成一幅和平，安穩，帶有幾分寂寥的光景。

「尤莉絲小姐聽綾斗提過多少事情呢？」

「……如果他沒在《王龍星武祭》奪冠，您會有生命危險。」

「噢……他果然沒有詳細解釋呢。」

說著，遙一臉傷腦筋地苦笑。

「肯定是不想波及我吧。」

尤莉絲也深刻了解這一點。

目前綾斗等人正在迎戰某種巨大的勢力。其實尤莉絲也希望盡力協助。可是尤莉絲也有一場必須優先面對的戰鬥。這場戰鬥無法假手他人，必須靠自己的力量。

「……是嗎？原來尤莉絲小姐也有必須親自完成的事情呢。」

遙輕輕吁了一口氣，然後向尤莉絲微笑。

「那如果妳與綾斗決鬥，就必須全力戰勝他才行喔。」

「這──」

面對有生命危險的當事人，不知道怎麼回答的尤莉絲頓時語塞。

「我認為……就算綾斗沒有奪冠，我也不會立刻沒命吧。」

「……這是什麼意思呢？」

「話說尤莉絲小姐也和《處刑刀》或多或少有關聯吧？」

「是不是《獅鷲星武祭》決賽前一天偷襲綾斗的人？據說他使用《赤霞魔劍》。」

他能同時迎戰亞涅斯特・費爾克勞與綾斗。即使不知道他的身分，但肯定擁有可怕的力量。

「《赤霞魔劍》的碎片，就刺在我體內的這附近。」

「什麼……!?」

見到遙伸手按著腹部表示，尤莉絲驚訝地睜大眼睛。

這件事讓尤莉絲大為驚訝，同時也讓她明白了許多實情。

遙的力量足以匹敵現在的綾斗。一般人根本不可能以遙的性命為人質威脅他。

但如果對手是《處刑刀》則另當別論。

《赤霞魔劍》的能力，則是將劍身分割成細小碎片，形成面的斬擊——

「碎片本身很小，充其量只是《處刑刀》能控制的最小極限。可是……妳知道吧？」

遙聳了聳肩，示意尤莉絲應該知道是什麼意思。

即使不用解釋，尤莉絲也知道問題在哪。

不論碎片有多小，只要是純星煌式武裝的劍身，都能輕易破壞人體。《處刑刀》一念之間就能徹底撕裂遙的內臟。當然，遙一定會因此喪命。

這時候，尤莉絲忽然想起。

「可是……以您的實力，比方說借用《黑爐魔劍》的力量，有沒有可能斬燒碎片？」

煌式武裝的刀刃是透過萬應素組成，只要粉碎到尺寸小於最小組成單位就會消滅。純星煌式武裝依然不會跳脫這個法則。即使以《赤霞魔劍》的能力分割劍身，如果碎片化為小於魔劍能控制的尺寸，自然也就消滅了。

而且遙的技術足以斬燒竄改自己記憶的能力。利用同等級的《黑爐魔劍》，照理說並非無法處理《赤霞魔劍》的碎片。

可是遙卻惋惜地搖了搖頭。

「碎片在《處刑刀》啟動《赤霞魔劍》之前都不會出現。換句話說，在啟動之前都不存在。強如《黑爐魔劍》也無法斬燒不存在的事物。」

「……原來是這樣。」

很可惜，但的確是這樣。

話雖如此，碎片連結的對象的確並非空間座標，而是遙體內的空間本身。能不能利用種作用力強行拉出碎片呢——像是《魔女》或《魔術師》的能力——身為《魔女》的尤莉絲想到這裡，頓時感到懊悔。

不，沒辦法。

這是以《赤霞魔劍》的力量造成的現象。因此憑《魔女》或《魔術師》的能力肯定無能為力。明明不存在卻真實存在，這種矛盾狀態根本無法從外部重新定義……

「不過《赤霞魔劍》的力量依然有極限。雖然它具備四色魔劍中最遠的射程，但頂多只有幾十公尺。只要別進入能力範圍，就能暫時放心吧。比方說這裡的特別室。」

遙始終以冷靜的語氣，告訴陷入沉思的尤莉絲。

「難道您今天前來此地是因為……」

「嗯，為了找科貝爾院長討論這些事情。院長說，如果是這樣的話願意提供協助。所以即使綾斗沒有奪冠，我也不會立刻有性命之憂。」

「……」

這間治療院的特別室的確位於地下區域，一般人無法進入。可是遙同樣也無法外出。好不容易從漫長的沉眠中清醒，又被迫回到該處實在很可惜。況且——面對《處刑刀》，這裡的警衛能發揮多少效果也讓人懷疑。實際上，綾斗就在這間治療院的中庭遭到攻擊。

不過……內心的某處的確略為放心。

即使是自欺欺人也無妨。

「好啦，那我差不多該回去工作囉。」

說完遙站起身，輕輕拍了拍尤莉絲的肩膀。

「反正就算要妳別放在心上，應該也沒辦法。尤莉絲小姐妳很溫柔，肯定會多方顧慮我和綾斗……但我希望這樣能多少減輕妳的負擔。」

「……為什麼呢？」

尤莉絲抬頭仰望始終溫柔的遙，開口詢問。

「綾斗是您最重要的人吧？我有可能要與綾斗決鬥，等於是敵人。可是您為何……？」

「我最重要的對象當然是綾斗。而且還是攸關性命呢。不過妳同樣也重視綾斗吧？」

「！」

這句話毫不留情，深深刺進尤莉絲的胸膛。

「而且綾斗肯定也同樣重視妳。所以我身為姊姊，才希望盡可能提供協助。不論是對綾斗，或是對妳。就這樣。」

如此告訴低頭的尤莉絲後，遙隨即輕輕揮手，轉身離去。

「……她真是堅強呢。」

留在原地的尤莉絲，不由得說出這句話。

遙很溫柔，個性穩重，卻又嚴格。不論對自己，對綾斗，或是尤莉絲都一樣。

（我很難像她這樣……但我依然得努力。）

就在尤莉絲再次下定決心，準備起身的時候，手機突然響起收到郵件的聲音。

看過內容的尤莉絲，頓時皺眉感到訝異。

「……什麼？這到底是什麼意思？」

＊＊＊＊

——星獵警備隊總部，隊長室。

「我回來了。」

遙進入房間內敬禮後，在辦公桌開啟數個空間視窗的赫爾加・林多瓦爾僅瞄了她一眼，隨即回到工作上。

「辛苦了。話說取得院長的同意了嗎？」

「嗯，聽說院長願意提供協助，會騰出一間特別室。不過科貝爾院長似乎想多了解一些詳情。」

「畢竟院長沒能讓妳清醒而感到內疚啊。我原本就認為即使扣住一部分情報，院長也不會推辭……」

忙碌地在投影鍵盤上運指輸入的同時，赫爾加繼續開口。

「總之我這邊一旦準備好，妳就在治療院待命。別擔心，不會拖太久的。忍耐到我們逮捕《處刑刀》——馬迪亞斯・梅薩為止。」

聽到這句話，遙忍不住湊上前去。

「有進展了嗎？」

這時赫爾加才終於停下手邊動作。咧嘴一笑後，在遙的面前開啟其中一個空間視窗。

「妳的判斷沒錯。順著過去尋找蛛絲馬跡似乎是正確的。」

顯示在空間視窗中的，是一份意外的調查報告書。內容是以前日本的宇宙科學研究開發機構發生的爆炸起火事故。遙也看過這份報告。

事先已經判斷意外的原因是新型引擎故障。不過引擎由於爆炸而大半損毀，並且散落在海中，只回收了一部分。總之結論相當草率。一眼就能看穿意外調查委員會試圖息事寧人。真虧他們敢厚顏無恥地拿這種東西唬弄世人。

「而這是……拜託若宮美奈兔同學提供的，她父親的日記。」

赫爾加將放在桌上的日記遞給遙。是這年頭很難見到的舊式紙本日記。

打開來一瞧，內容是以工整又仔細的日文書寫。

『九月三日，晴天。晚上，和女兒在海岸線散步。女兒一如往常發問。一如往常地回答她。夢的本質。總有一天女兒也會去追尋嗎。』

文章很簡短，扼要，像散文一樣。

與其說日記，更像是備忘錄。有些日子只寫了日期與天氣，沒有寫發生的事情。似乎只有作者，亦即美奈兔的父親本人留意到某件事，才會提筆紀錄。

前幾天遙與綾斗聽美奈兔提到那起意外時，美奈兔說『老實說，我對意外沒什麼印象了……啊！不過爸爸的日記倒是還留著！』然後她從自己的房間拿了日記來。

「從日記可以看出美奈兔妹妹的父親是什麼樣的人呢。」

「是啊，畢竟曾經是出色的人物呢。」

——之所以提到這件事，是為了尋找蛛絲馬跡以揪出馬迪亞斯的狐狸尾巴。根據情況，馬迪亞斯＝《處刑刀》等金枝篇同盟一行人肯定有違法行徑。可是不論追尋哪條線索，都缺乏決定性的證據。這也難怪，擁有干涉精神能力的純星煌式武裝《瓦爾妲＝瓦歐斯》是他們的同夥，當然可以隨意隱瞞證據。

要以綁架遙、攻擊綾斗的罪名拘捕《處刑刀》不難。可是無法證明馬迪亞斯與《處刑刀》是同一人，就很難抓他。因此赫爾加等人無論如何都需要證明『是馬迪亞斯本人犯下的罪刑』。

這時候遙的著眼點，是馬迪亞斯的過去。

遙等人已經透過克勞蒂雅的母親，伊莎貝拉得知了《瓦爾妲＝瓦歐斯》的部分能力。根據情報，《瓦爾妲＝瓦歐斯》能完全控制的對象只有使用者——也就是奪取的身體。竄改或刪除部分記憶另當別論，但如果要洗腦他人，不論是常人或《星脈世代》都需要一定時間。

尤其《星脈世代》對干涉精神相當敏感，又有抵抗力。像是很難完全改寫人格，必須利用本人原本就具備的特性。

換句話說，《瓦爾妲＝瓦歐斯》也無法隨意大量製造任憑擺布的棋子。《瓦爾妲＝瓦歐斯》可能耗費漫長時間，一點一點增加自己的手下。

反過來想，如果追溯越久以前的重大事件，馬迪亞斯等人能用來隱瞞的人才就越少。即使不知道金枝篇同盟是從何時開始活動，但根據遙本人的說法推測，馬迪亞斯的動機與兩人的母親有很深的關係。

如此一來，再怎麼久遠也頂多二十年——不至於無法追查。當時馬迪亞斯名義上是銀河的職員，可以從銀河的資料庫調查他的經歷。

話雖如此，這也並非易事。

馬迪亞斯身為《星武祭》的營運委員，非常能幹又勤勞。同時他的工作既龐大而繁雜，實在無法一一詳查。加上馬迪亞斯的資料還發現幾處可能遭到篡改的痕跡。代表連銀河內部都有馬迪亞斯的暗樁。

「不過真虧妳想得到這起意外與馬迪亞斯的交集呢。」

「啊，其實是綾斗……我弟弟的建議，或者該說是一時想起……」

——姊姊，話說妳當初被《處刑刀》帶走的時候，有傳出火箭之類的爆炸意外吧？

《王龍星武祭》第四輪比賽結束後，遙前去慰勞綾斗。當時綾斗突然冒出這句話。

這是指發生在遙沉睡之前的事件。《處刑刀》一夥人為了再次引發《落星雨》，試圖將同伴送上沉睡在月球的巨大萬應精晶。遙勉強在一夥人計畫得逞前阻止。不過當時《處刑刀》等人準備的火箭，可能使用了從日本的宇宙科學研究開發機構搶來的新型火箭。爆炸起火的意外可能也是他們的傑作。

——實際上，綾斗之前決鬥過的女孩，可能就與那場意外有關……

根據綾斗這句話，才循線找到相關人物——美奈兔。遙感嘆自己的弟弟居然能發現其中的關聯。

「原來如此，之後還得謝謝她才行呢……回到話題，看看這本日記的六十一年，二月十號這一天的記載。」

依照赫爾加的指示，遙翻開日記。

『二月十日。雨天。統合企業財團派人來調查。調查團中難得有《星脈世代》，問了我不少問題。我印象比較深的，是一名幾年前在《鳳凰星武祭》奪冠的青年。他熱心又和善，卻深不見底。不過在統合企業財團這種妖魔鬼怪的巢穴中脫穎而出，沒有點城府還不行。』

「這是指……馬迪亞斯・梅薩嗎？」

「應該是吧。十年前在統合企業財團總部工作的《星脈世代》雖然不多，但還是有一些人。以年份來算，稱霸《鳳凰星武祭》的冠軍應該就是他了。」

說到這裡，赫爾加以右手搓了搓下巴。

「這項載人月表調查計畫接受銀河的金援，派調查團本身很正常。可是……馬迪亞斯在場卻有點不對勁。」

「嗯？為什麼呢？」

「馬迪亞斯・梅薩在《星武祭》奪冠後的願望，是要求進入營運委員會。最後也實現了。不過形式上，《星武祭》的營運委員皆由各統合企業財團指派幹部，或是幹部候選人擔任。即使他成為銀河總部的幹部，但終究只是名義上，應該無法參與銀河總部的實質業務。換句話說，既然馬迪亞斯親訪，代表該項調查屬於身為營運委員的他所掌握的職權——亦即與《星武祭》有關。」

原來如此，有道理。

不愧是長年負責保護這座特殊都市的治安，赫爾加也相當熟悉統合企業財團內部的權力版圖。

Asterisk的真正威脅並不是學生之間的紛爭與頻傳的犯罪。而是隨時發揮某種影響力，並且總是試圖趁隙擴權，六隻巨大又貪心的怪物。

「這麼說來，這項載人月表調查計畫與《星武祭》之間有關……？」

「嗯，沒錯。不過嚴格來說，是參與這項計畫的民間企業之一。妳看看這個。」

赫爾加操作電腦切換空間視窗後，畫面顯示一間叫ＰＶＡ工業的企業網站。

「業務是研究開發吸收衝擊的材料……是銀河集團的日本企業呢。」

「根據銀河的資料，馬迪亞斯・梅薩曾經擔任這間ＰＶＡ工業的非執行董事一段時間。」

「……這是怎麼回事？」

遙不明白其中的關聯性。

「妳記得上屆《獅鷲星武祭》時舞臺整修過吧？防護系統也運用了阿勒坎特開發的防護凝膠，全面翻新。那項全新的防護系統當然不是由阿勒坎特單獨打造。而是在營運委員會的主導下，不少各統合企業財團的關係企業也參與開發。其中之一就是這間ＰＶＡ工業。」

舞臺改建工程正好發生在遙沉睡的期間，直到本屆《王龍星武祭》才首次親眼目睹。印象中防護系統的規模比以前大了許多。

「依照時間順序，舞臺改建計畫的立項比那起爆炸意外更早。但當時挑選企業的時候，馬迪亞斯・梅薩就推薦了這間ＰＶＡ工業。參與《星武祭》的新防護系統可是一塊大餅，任何企業肯定都想分一杯羹。ＰＶＡ工業現在規模不小，但當時即使技術力優秀，卻只是一間平凡的中小企業。一般而言，應該沒資格參與這種大案子。」

噢，原來如此。

「換句話說……是行賄嗎？」

「其實司空見慣了。比起偷偷贈與錢財，隨便指派職位後當成正式酬勞支付比較好聽。畢竟本身不算非法行為。不知道是誰先接觸誰，但是在ＰＶＡ工業的眼中，馬迪亞斯・梅薩可能是冤大頭吧。才二十幾歲，年紀輕輕，而且沒有接受過統合企業財團幹部的緊箍咒，亦即精神調整程式。巴結他是最好的選擇。」

「可是……再怎麼說，我也不認為用錢就能輕易收買馬迪亞斯・梅薩。」

遙當然無法理解他，也不可能產生共鳴。可是馬迪亞斯的言行中有一股絕不動搖的強烈決心。可以得知他無論如何都不會違背原則。

對於遙的觀點，赫爾加也老實地點頭。

「這一點我有同感。我認為馬迪亞斯·梅薩的目的是確保自己的根基。」

「根基……？」

「馬迪亞斯·梅薩剛當上非執行董事，ＰＶＡ工業就立刻確定中途加入這項載人月表調查計畫。如果這是因為他的要求，ＰＶＡ工業肯定也無法拒絕。」

「咦！原來是這樣嗎……」

只要成為開發新防護系統的相關企業，馬迪亞斯就能以視察的名義，大大方方親臨現場。利用《瓦爾妲＝瓦歐斯》徹底洗腦的ＰＶＡ工業技術人員，也可以順理成章地安插在公司內。說不定《瓦爾妲＝瓦歐斯》就混在視察的人員中。

「當然這些都是推測，如今再調查也不會有任何證據。不過……幸好資料中還留有蛛絲馬跡。唯有一點必須感謝銀河才行呢。」

露出無畏笑容的赫爾加操縱電腦，再度切換眼前的空間視窗。

「這是……財務報表嗎？」

「這個世界由統合企業財團控制，代表經濟就是掌控一切的力量。即使是馬迪亞斯·梅薩也跳脫不出這個道理。」

赫爾加的視線露出犀利的目光。

「雖然只揪出尾巴尖端的一小撮毛……但我終於逮到你了，馬迪亞斯·梅薩。」

＊＊＊＊

對方指定的地點和以前一樣，位於再開發區域的一個角落。

太陽已經下山，陰暗的天空中隱約可見朦朧的月色。下方連綿的廢棄樓房對面是燈火通明的高層大廈，兩者彷彿不同的世界。但這片彷彿隨時會崩塌的廢墟，都只有微弱的光芒。

尤莉絲手指輕輕一划，空中便出現火焰照亮四周。

「──我來了，奧菲莉亞。妳有什麼事？」

即使朝向黑暗呼喊，卻沒有任何回應。

尤莉絲的手機收到的訊息，寄件人正是奧菲莉亞‧蘭朵露芬。

自從學園祭的夜晚，與奧菲莉亞在此地見面後，她從未聯絡過自己。考慮到奧菲莉亞的個性，下次直接見面就是在《王龍星武祭》的舞臺上──尤莉絲原本也這麼以為……可是她既然主動聯絡，尤莉絲也只能前來。

這時候。

「！」

一道撕裂黑暗的光束洪流直撲尤莉絲。

尤莉絲立刻翻身躲過，但是巨大的槌型煌式武裝立刻從背後砸下來。

「唔……！」

即使滾地躲過這一擊，宛如從黑暗中冒出來的大槌卻進一步追擊尤莉絲。

（四人……不，有五人嗎。我完全被包圍了……但更重要的是，剛才那道光束……！）

剛才尤莉絲並非沒有注意四周的動靜。

但直到自己陷入重重包圍前都沒發現，代表敵人的身手相當了得。

「──劇烈燃燒吧！」

隨著尤莉絲一喊，剛才像燈籠一樣發出淡淡光芒的火焰頓時膨脹。發出眩目光亮，清晰照耀四周。

「阿爾第……!?」

眼前是五架曾經在《鳳凰星武祭》決賽中激烈交鋒的自律式擬形體。

但尤莉絲立刻發覺，眼前的擬形體與阿爾第完全不一樣。雖然外表相近，卻絲毫感受不到本尊散發的壓迫感。最重要的是，完全聽不到他那煩人的喋喋不休──表達強烈自我的口氣。

不過敵人的強大性能簡直不敢相信是戰鬥用擬形體，發揮巧妙的合作攻勢撲向尤莉絲。

「哼……！」

一邊躲避敵人的攻擊，尤莉絲依然朝廢墟深處的黑暗一揮手臂。

「盛開吧──六瓣爆焰花！」

「──」

潛伏在黑暗中的某人趁火球炸開前，搶先一步跳離原地。

「嘉萊多瓦思不會用這種偷襲的陰險手段吧？」

背對爆炎現身的人，是《獅鷲星武祭》決賽中交鋒過的對手。蘭斯洛特隊的帕希娃・嘉多娜。

她穿的不是嘉萊多瓦思的制服，而是類似黑色軍裝，乍看之下氣氛差距很大。但是《聖杯》，也就是純星煌式武裝《贖罪錐角》發出的光芒不可能認錯。

「……不好意思，我現在和嘉萊多瓦思毫無關係。」

「哼！都拿出《聖杯》了，還好意思講這種話！」

向面無表情，不以為意地回答的帕希娃冷笑一聲後，尤莉絲伸手觸地。

「盛開吧──重波焰鳳花！」

猛烈的熱浪以尤莉絲為中心釋放，阿爾第仿造機跟著一同拉開距離。

謹慎地留意仿造機的動向，同時尤莉絲一撥頭髮，瞪著帕希娃。

「不過的確很難想像，嘉萊多瓦思會不惜與阿勒坎特聯手對付我。所以是……完全不同的組織？」

「我沒必要回答妳。我只要在此地解決妳即可。」

說著，帕希娃舉起左手，飄浮在她身後的聖杯便緩緩鎖定尤莉絲。不過似乎尚未充能完畢。《贖罪錐角》能釋放無法防禦的光束，人光是碰到就會昏厥。雖然是相當棘手的純星煌式武裝，但幸好不能連續發射。

「算了，無妨。我對妳在哪裡做什麼不感興趣。我只想知道一件事……這到底是不是奧菲莉亞自己的想法。」

「……」

面對尤莉絲的問題，帕希娃始終閉口不語。她果然不打算回答。

「是嗎？那我即使動粗也要逼妳說出來……！」

難以控制的萬應素，在尤莉絲身邊化為火焰噴發。

周圍的阿爾第仿造機也跟著反應，重新舉起手中的大槌。帕希娃則取出短槍型煌式武裝。

就在這時候。

「既然要打，能不能讓我們也加入戰局？我們有很多很多事情想問那位學姊呢。」

廢墟內響起這句話，兩道新的人影正好出現在尤莉絲與帕希娃中間。

像是判斷兩人是敵人般，最接近的阿爾第仿造機撲向人影——但是一道劍閃在黑暗中發光，巨大的身軀頓時一分為二倒在地上。

「竟然一擊就毀了變異戰體……？」

從帕希娃訝異地開口來看，這幾架阿爾第仿造機似乎是變異戰體。

「真是的……《優騎士》怎麼會做出這種事情啊。」

一臉錯愕地走到亮光下的人，是一頭柔順金髮的少年。他手中劍身純白的劍是

《白濾魔劍》，與綾斗的《黑爐魔劍》並稱為四色魔劍之一。

瀏海幾乎遮住眼角的少女，戰戰兢兢跟在少年的身後。

「《輝劍》與《聖茨魔女》……？」

「……」

尤莉絲當然對攪局者感到驚訝，但並未錯過帕希娃見到兩人後，一瞬間表情扭曲。看來眼前的情況出乎她出乎意料。

「學姊應該也很清楚，至聖公會議收集情報的能力吧？早就掌握到學姊和一些不良分子一起偷雞摸狗了。」

金髮少年——目前已經是聖嘉萊多瓦思學園的學生會長，《輝劍》艾略特・佛斯達。將《白濾魔劍》收回腰間後，他溫柔地開口。

「嘉多娜學姊，總之請先回到學園來吧。一切等回來後再談。學姊放心，現在回頭還不算太遲。」

「對、對啊……！大家、大家都很擔心學姊呢！不只是費爾克勞學長，還有布蘭查得學姊……！」

「哎……」

帕希娃面對艾略特嘆了一口氣，搖搖頭。

「事到如今你們還想勸我回去……是啊，沒錯，你們說得對。嘉萊多瓦思是很優秀的學園。大家既體貼又高尚，的確是很宜人的地方。可是正因如此，我才待不下去。在那種地方我會變遲鈍，會生鏽。這樣我就沒臉見那些孩子了。我必須贖罪才行，因此我必須化為槍械。」

帕希娃的聲音愈來愈空洞。就像冰一樣寒冷，像鐵一樣毫無生氣。

「現在的我很充實。在能完美驅使我的人底下，我完全不用思考，只要像槍械一樣達成任務即可。沒錯，這才是──目前是我唯一的贖罪方式。」

話音剛落，帕希娃同時左手一揮，頓時從《贖罪錐角》釋放大量光束橫掃而來。

「我不知道怎麼回事，但如果要內訌的話，麻煩你們到其他地方去！」

「我們特地跑來幫妳，妳怎麼說這種話啊！」

尤莉絲壓低身子同時大喊，同樣屈身躲避的艾略特也不甘示弱回擊。

「別以為我需要你們賣人情！何況你們的目標是《優騎士》，救我只是順便吧──」

話才說到一半，穿越光束洪流的變異戰體們便直撲而來。理所當然，《贖罪錐角》對變異戰體這些擬形體絲毫沒有效果。

尤莉絲立刻高舉右手，試圖啟動防禦招式大紅心焰盾。可是折斷骨頭的痛楚讓尤莉絲一瞬間反應慢半拍。

（糟糕……！）

直撲尤莉絲的變異戰體即將揮下大槌時，巨大的身軀卻突然停了下來。

不知發生何事的尤莉絲定睛一瞧，只見幾支荊棘抓住了變異戰體的關節，阻止

其行動。而且還不只一架。仔細看才發現，廢墟內已經籠罩在荊棘之海中，剩下的變異戰體也全部被荊棘困住。

「您、您沒事吧……？」

不用說，使用這一招的人當然是手持杖型煌式武裝站立的《聖茨魔女》，諾愛兒‧梅斯梅爾。

「不愧是晉級《王龍星武祭》正式賽程的人……這是領域型能力嗎，真是驚人。得救了。」

「不、不會，您過獎了……」

與艾略特不一樣，諾愛兒個性似乎比較率直。她害羞地低頭。

艾略特則趁隙壓低身子，穿梭在廢墟中。

《白濾魔劍》一閃，四架變異戰體便立刻身首異處。

看起來變異戰體也能啟動與阿爾第相同的防禦障壁，但它們倒楣碰上艾略特。《白濾魔劍》是能只斬斷任意目標的純星煌式武裝，除了躲避以外任何防禦都毫無意義。

「我們回去吧，學姊。如果妳無論如何都要抗拒，那我就必須動用學生會長的力量。」

艾略特以《白濾魔劍》的劍尖指向帕希娃，開口警告。

他的眼神中透露強烈決心。

另一方面，帕希娃右手掩面，嘴裡不停嘀咕。

「上次也好，這次也好，為什麼老是要妨礙我……哎，不行啊。這樣子不行。這樣我無法消滅敵人，無法達成命令，無法贖罪。這麼一來……」

漆黑的瞳眸目光呆滯，眼神已經完全渙散。

飄浮在帕希娃身後的《贖罪錐角》同時開始改變外型。原本形狀像傾倒的杯子，現在一邊發出光芒，同時吸收杯底的荊棘逐漸變成細長型。

「什麼……!?」

見到這一幕的艾略特，驚訝地睜大眼睛。

「難道是《聖杯》的第二型態!?可是那一招……！」

一股不祥的惡寒在尤莉絲的背脊流竄。

那東西很棘手，相當危險。

尤莉絲的直覺發出最嚴重的警告，但她連該怎麼應對都不知道。

（就算要上前阻止，但它不分敵我散布光芒，根本無法接近……！要暫時拉開距離嗎？不，可是……！）

在猶豫之際，《聖杯》的外型化為一支長槍。周圍籠罩眩目的光芒，可能和變形前一樣，只要碰到光芒就會失去意識。

帕希娃緩緩伸出左手，即將抓住長槍的一剎那——

「真是的，稍微操縱一下竟然會這麼不穩定……真是麻煩。」

突然又出現一名闖入者，一把抓住她的手。

躲在長袍內的女人一碰到帕希娃，帕希娃隨即昏過去般無力地倒下。

「怎麼能在這種地方釋放《聖槍》。一不小心連城市都會遭殃。這種時期要避免引起無謂的騷動。」

不只尤莉絲，連艾略特與諾愛兒的目光都離不開長袍女。因為三人完全不知道她究竟從何處現身。

「尤莉絲＝愛雷克希亞・馮・里斯妃特。」

長袍女扛起帕希娃後，向尤莉絲開口。

「時間到了。既然嘉萊多瓦思的情報機構刺探到我們，就不能繼續蠻幹下去。針對妳的滅口計畫會取消。不過妳必須遵守與奧菲莉亞的約定，如果妳違反的話……」

「不用妳提醒，如果我想告訴別人的話，早就說出去了。我不知道妳是誰，但妳是奧菲莉亞的同夥吧？反倒是妳，為何現在還用這種手段？希望妳好好解釋一下。」

尤莉絲一瞪，長袍女隨即無視視線，轉過身去。

「……沒什麼，只是我們也難以完全控制她。她乍看之下順從，但其實喜怒無常，看似老實，卻偶爾會果斷行動。要控制她真不容易。不過人類的本質可能就是這樣，老是喜歡唱反調。」

說完後，長袍女性便與帕希娃一同消失無蹤。

下一瞬間，伴隨轟隆聲響，留在現場的變異戰體身軀接二連三爆炸起火。火勢包圍了整座廢墟。

「哼！想湮滅證據嗎，耍這種小聰明……！」

事到如今已經無計可施。

但就在尤莉絲想迅速離開現場時，艾略特卻以《白濾魔劍》指著她。

「慢著，請留步。我也有很多事情要問妳。」

「很可惜，我沒什麼好說的。你們自己擅自調查的部分，就隨你們去吧。」

「那可不行！」

艾略特依然擋住尤莉絲的去路，絲毫沒有退讓之意。

「那名長袍女究竟是誰？不對，為何嘉多娜學姊會攻擊妳？剛才提到的奧菲莉亞，難道是奧菲莉亞・蘭朵露芬嗎？為何剛才會提到她的名字……！」

面對滔滔不絕，氣勢洶洶的艾略特，尤莉絲微微搖了搖頭回應。

「關於這件事，我更想問你們。嘉萊多瓦思自豪的至聖公會議掌握到情報後，你們才來到此地的吧？」

「這……」

聽到尤莉絲的質問，艾略特一瞬間沉默，轉過頭去繼續開口。

「其實剛才那番話幾乎都是虛張聲勢。至聖公會議這次的確掌握到嘉多娜學姊的行蹤。但終究純屬偶然，是情報網偶然發現的。至於學姊背後的組織，目前還停留在曖昧不清的階段。」

艾略特懊悔地緊咬嘴脣。

「情況如此混沌不明，學生會長居然親自上陣？」

一臉錯愕的尤莉絲表示，艾略特便略帶自嘲地發笑。

「反正我這個學生會長已經被貼上沒用的標籤了。至少得這麼拚才行。」

話說之前黑騎士事件也一樣，傳聞中新任學生會長艾略特受到學園內外的交相指責。畢竟是亞涅斯特．費爾克勞的後繼者，他肯定承受相當大的壓力，真慘。

「不、不是的！正因為哥哥擔心嘉多娜學姊，才會親自出馬！表面上嘉多娜學姊依然是休學，所以才希望盡可能私底下解決，並且息事寧人！如、如果我沒有堅持跟著，哥哥原本有可能真的獨自前來！」

此時諾愛兒滿臉通紅地辯解。

「我覺得這也很亂來……」

實際上不論艾略特行動與否，這附近肯定早已在至聖公會議的監視之下。

但他不愧是繼承《聖劍》的人。即使不怎麼適合當學生會長，耿直的正義感與清廉似乎是真的。

（嗯……？等一下，《聖劍》……？）

這一瞬間，尤莉絲感覺到一片拼圖在腦海中完美契合。

如果順利的話，說不定有機會一口氣解決問題。

「好吧，如果你接受在我所知範圍內的話，我可以告訴你。」

奧菲莉亞說過，這個世界有所謂的命運。若此話屬實，今日此時具備一切條件，真可謂上天保佑。

「真、真的嗎!?」

「妳怎麼會突然願意開口……？」

尤莉絲向眼神充滿期待的諾艾兒，以及訝異的艾略特豎起兩根手指。

「不過我有兩個條件。其一，等《王龍星武祭》落幕後我再提供情報。畢竟我已經晉級了準決賽，不想因為其他事情分心。」

只要決賽打完，與奧菲莉亞的約定便失去意義。如此一來，等一切都結束後再行動即可。

「……另一項條件呢？」

擔心尤莉絲提出驚人要求的艾略特，表情略微緊張地詢問。

「我希望你——拯救一位公主。這是騎士的本分吧？」

第二章 半準決賽第一回合

界龍第七學院，黃辰殿——梅小路冬香在設置於樓閣頂層的賞月臺，與此地的主人，學生會長范星露舉杯對飲。

不過兩人喝的不是酒。

據星露所說，這似乎是一種仙藥，名叫藥金湯。一如其名，呈現金黃色光澤的液體順口又柔和，還略帶甜味。

「哎呀，真是難得呢。師傅竟然會主動邀請人家喝一杯。」

雖然稱呼星露為師傅，但嚴格來說，冬香並非星露的門徒。只是以作客的身分接受星仙術的指導，冬香可不打算拋棄梅小路家栽培自己的術理。

梅小路家的祕術在這千年間已經失傳。年紀輕輕就繼任當家的冬香雖然勉強重現大綱，卻有不少遺漏。為了以星仙術彌補遺漏，冬香才請星露指點自己。即使星露沒有親眼見過祕術，但據說曾與祕術失傳之前的梅小路家有交流。因此也沒有人比她更適合當師傅。

或許因為這些原因，抑或是其他不知名的理由。相較於其他正式的門徒，星露並未特別關照冬香。她會仔細地回答星仙術的相關問題，不時還會提供建議，但似乎總是與冬香保持一定距離。

要說例外的話，也只有祕術復活的時候，加以實踐的那一天。

「呵呵，沒什麼……只是想稍微確認一下哪。」

眺望朦朧月色的同時，星露瞇起眼睛。

「哎呀，何必這麼慎重呢。」

「話說妳的願望。如果妳在《王龍星武祭》奪冠，妳想向統合企業財團許什麼願望？」

「噢……師傅這麼一說才想起，人家之前還沒告訴過師父呢。」

相較於其他學園，界龍的學生參加《星武祭》的比例特別高。因為學園的性質本身就鼓勵學生競爭武藝，挑戰自我。

當然也有學生參加《星武祭》的目標很明確，不過這些學生反而是少數。所以學生之間其實很少聊起這個話題。

「不過師傅應該早就依稀察覺了吧？」

冬香試圖套話，但星露始終盯著冬香不放。

無可奈何之下，冬香嘆了一口氣才開口。

「人家的願望……這個啊，直截了當的說，就是長生不老吧。」

「哼！果然哪。」

結果星露一臉無趣地嗆了一聲，然後喝了一口杯中物。

她似乎不喜歡冬香的願望。

即使向統合企業財團許願長生不老，當然也不可能實現這種幻想。財團頂多提供冷凍睡眠裝置而已。即使運用落星工學，人類的科學技術頂多只能稍微延長壽命。

可是要說絕對做不到，卻又未必。

畢竟面前就有一個實際例子。

「對了，那就先申請進入黃山、峨嵋山或是泰山的許可吧。之後人家自己想辦法。」

目前以五嶽為首的各地靈山都在界龍的管理之下，無法輕易進入。當然，財團的目標是沉睡在地底的巨大萬應精晶，似乎沒發現這些地點本身才重要。這也不能怪他們。

「哎……想不到這年頭還有人想成仙哪。」

「或許問題在於人家的家世沒別的優點，就是歷史特別長吧。」

說著，冬香以袖子掩住嘴角笑了笑。

「憑妳的仙骨並非不可能。可是這個願望太無聊了哪。真要說的話，老娘覺得仙人只不過是失了魂的皮囊罷了。」

「那不是和師傅很像嗎？」

「胡說八道，少和老娘相提並論。老娘這可是屍解術的應用。」

星露鼓起腮幫子，氣呼呼瞪著冬香。

「真是的，老娘以前一直極力避免刺激妳的仙緣，想不到還是徒勞無功。」

「哎呀，原來之前一直是因為這個原因啊。」

如此一來，的確是白費力氣。

早在遇見星露很久以前，冬香就十分嚮往仙人——準確來說，是駕馭鬼族，與鬼族共度悠久時光的人。

梅小路家自古以來就占有萬應精晶碎片沉睡的靈地。因此家族血統繼承了專門創造與控制式神的能力。所謂式神，是透過特定的法則構成的模擬生命體，平時以符咒之類的形式封印——也就是星仙術的鼻祖——雖然無法長時間活動，但是也不會死亡。即使暫時失去形體，只要術式維持完整，隨時都可以復活。

在《落星雨》發生之前的時代缺乏萬應素。要創造一隻式神必須在靈地內閉關好幾天，傾注心血才能完成。如今萬應素豐富，雖然不用這麼辛苦，但是式神的力量也大幅改變。不只需要萬應素的量，創造技術也很重要。要以複雜的術式創造式神，還是需要不少時間。因此梅小路一族長達千年持續添磚加瓦，創造出精巧的冥慟鬼才具備驚人的力量，一擊打敗諾愛兒・梅斯梅爾。

歷代當家中，冬香以突出的才能而自豪。她從小到大的嬉戲對象不是人類，而是本家持有的眾多式神。具備高度智慧的式神雖然有限，但是以冥慟鬼為首的式神們大多壽命很長。他們的價值觀異於常人，而且不知為何與冬香特別志同道合。有族人甚至罵冬香鬼迷心竅。

但如果冬香也能和式神們具備相同壽命的話——

「話說明天的比賽怎樣？能不能贏？」

剛才表情十分不悅的星露一變，如此詢問冬香。

「……人家比師傅更想知道呢，師傅還這麼問呀。」

明天的半準決賽，對手是《叢雲》天霧綾斗。

冬香絲毫不覺得自己會輸，但是綾斗很強，冬香無法保證自己能贏他。不只是他的體能優秀，同時在本屆大會幾乎完全發揮出《黑爐魔劍》的威力。即使模仿《獅鷲星武祭》的武曉彗擬定過對策，但不知對綾斗有多少效果。

「對了，人家會全心全力決鬥，讓師傅看得開心。」

「咯咯！是嗎，是嗎，那老娘就期待妳的表現哪。期待妳，妳的式神，以及……梅小路的祕術。」

說完，星露打從心底開心地喝了一口杯中物。

＊＊＊＊

『各位觀眾！本屆《王龍星武祭》終於進入第六輪比賽，半準決賽！第一場比賽將在這座天狼星巨蛋內進行！札哈露拉小姐請再次告訴我們，這場比賽的注目焦點是什麼呢？』

『這個呢，首先——半準決賽最受觀眾矚目的，肯定是在壽星巨蛋開打的第二場比賽。由奧菲莉亞．蘭朵露芬與席爾薇雅．琉奈海姆兩人決鬥。畢竟是那位歌姬與絕對王者的報仇之戰。在南河三巨蛋的第三場比賽，則是沙沙宮紗夜對決蕾娜媞之戰。最新型煌式武裝與最新型擬形體強強相碰，肯定是華麗又眩目的激烈戰鬥。該場比賽絕對也很熱鬧……不過我確信，第一場比賽由天霧綾斗與梅小露冬香的對戰，絕對會是最有趣的比賽。』

解說員札哈露拉如此回答轉播員咪子的問題後，隨即響徹震動會場的盛大歡呼。

舞臺上的綾斗親身感受觀眾的激動，卻也有些心神不定。

目前綾斗身處的情況相當棘手。

第一優先是為了保護姊姊的性命，在《王龍星武祭》奪冠。這一點毫無疑問。

另一方面是藉助眾多夥伴的力量，調查威脅者《處刑刀》背後名叫金枝篇同盟的組織。昨天綾斗同樣利用休息日，與紗夜和席爾薇雅等人在Asterisk東奔西跑。結果依然沒有掌握到有利的證據。幸好姊姊與赫爾加在進行的調查似乎有了眉目。即使心急，目前依然只能賭一賭那邊。

紗夜與席爾薇雅的比賽也讓綾斗掛心。兩人面對的都是前所未有的強敵——尤其席爾薇雅的對手是連續稱霸《王龍星武祭》的最強《魔女》，很難不讓人擔心。由於舉行比賽的舞臺不一樣，今天尚未直接與她交談。不過在休息室透過空間視窗，相互為彼此打氣。希望她能順利晉級。

如果綾斗贏了這場比賽，接下來就得面對目前不戰而勝，已經確定晉級的玫瑰色秀髮少女。她還是自己無可替代的夥伴──尤莉絲。換句話說，綾斗為了幫助姊姊，就必須親手打碎尤莉絲的願望。這對綾斗而言實在很痛苦，希望能避免。

「呵呵……你還真是心不在焉呢？」

聽到這句話，綾斗頓時一抬頭，只見冬香面露微笑。她一如往常在界龍的制服上頭披了件小袖，手持像是以符咒編織而成的扇子。

「我、我哪有……」

綾斗急忙否定，但立刻回心轉意。

「──不，沒錯。我的確為了其他事情而有點分心，抱歉。」

說完，綾斗老實地低頭致歉。

冬香說的是事實。如果綾斗真的心不在焉到一眼就看得出來，對冬香這位比賽對手的確不太禮貌。

「呵……！拜託，何必這麼說呀。該說你一本正經，還是怪人呢。」

冬香忍不住笑出聲音，但笑聲依然優雅，宛如滾動的鈴鐺般婉轉。

「其實人家也覺得你漫不經心肯定比較好。能輕鬆獲勝當然是最好的呀。」

「呃，這個……」

她說得完全正確。

「對了，以前人家的師傅、虎峰與阿芮瑪說過這句話，如今人家大概知道意思了。原來如此，的確有道理……呵呵呵。」

冬香依然笑得肩膀抖動，同時伸出右手。

「人家的戰鬥方式雖然不算堂堂正正……不過今天多多指教啊，《叢雲》同學。」

「……妳也是。」

綾斗回握冬香的手，觀眾見狀頓時爆發歡呼。

『舞臺上的兩人熱情地喔！嗯～這也是《星武祭》的醍醐味之一呢！哎呀……說著，比賽似乎即將到了開始的時間了！』

聽到咪子的轉播後，綾斗與冬香分別回到指定位置。

暫閉眼睛大大深呼吸一口氣後，綾斗一邊拚命反省剛才的自己，同時調整心情。

「《王龍星武祭》半準決賽第一回合，比賽開始！」

可是即使機械聲音宣布開始，綾斗與冬香依然緩緩擺出架勢，並未行動。

「……哎？真是意外。還以為你肯定會發動快攻呢。」

「我想也是。所以我才沒有衝啊。」

綾斗當然也確認過冬香的戰鬥方式。

她的打法是召喚式神，這種以萬應素創造的異形並加以驅使。風格接近以前在萊澤塔尼亞對付過的久史塔伍・馬爾洛。所以首要目標就是攻擊召喚者本人。久史塔伍是躲在遠方保護自己，但在《星武祭》的舞臺上應該無處可躲。所以只要發動快攻，趁她召喚麻煩的式神前結束戰鬥即可。

不過綾斗已經看過冬香在界龍內部的排名戰中對戰的影片，據說是影星弄來的。影片中冬香並未依靠式神，光靠體術打敗對手。由於影片很短，只能推測，但她運用的應該是合氣道或柔術——借用對手的力量，而且還是相當古老的流派。讓對手無法受身，摔出去後給予重擊。動作有點像天霧辰明流的組討術。剛才握手的時候，綾斗十分確定。從她的手勁可以感覺到，肯定是久經訓練的人。

如此一來就不能貿然進攻。照理說冬香同樣預料到自己會速戰速決，因此有可能遭到她的反擊。當然憑綾斗現在的力量，可以在遭受反擊之前應對，或是躲過反擊技。

（可是憑我現在的腳……）

上一場比賽面對《碎星魔術師》勞德弗，佐波時，幸好右腳受的傷不嚴重。卻算不上萬全狀態，難以避免傷勢影響往前跨步。這對零點幾秒內分出勝負的快攻相當不利。

現在不應該魯莽地攻擊。

「呵呵，既然你這麼夠意思，那麼人家就不客氣囉。」

說著，冬香毫無破綻地往身後一跳，拉開距離同時結印。

「急急如律令，敕！」

刀印一劈的同時發出紅黑色光芒，三眼式神身穿古風甲冑現身。皮膚呈現紅黑色，頭上長了兩隻角，身高超過八尺，手持巨大鎖鏈斧……完全就是故事中描述的鬼族。

「哦，這次的對手表情不錯。有意思。」

式神咧嘴一笑，嘴角露出銳利的尖牙。

散發的壓迫感非同小可。

之前冬香與諾愛兒・梅斯梅爾的比賽中，已經確認過它的力量。不過實際面對後，才發現壓力超乎想像。

冬香跟著伸出手指橫向一揮，無數符咒隨即像蝙蝠一樣從她的袖口飛出，貼在魏嶽的斧頭上。

「這樣就好了。來，魏嶽，之後就交給你啦。」

「明白。」

簡短回應後，魏嶽踏著沉重的步伐往前走。

「年輕的武士，你叫什麼名字。」

「……天霧綾斗。」

「是嗎……那麼天霧綾斗，你仔細聽好。我名叫魏嶽！乃保護鎮西奉行一族之梅的紅鬼！」

高聲報出名號後，魏嶽粗如樹幹的巨腿使勁蹬地。

綾斗以《黑爐魔劍》擋下魏嶽一瞬間縮短間距，朝自己劈下的斧頭。

「唔……！」

「呶……！」

超乎外表想像的驚人臂力，震得綾斗關節作響。不過綾斗卸掉武器交鋒的力道，斜方向撥開巨斧後，身體切換位置同時橫一文字橫掃《黑爐魔劍》。這次魏嶽以外表難以想像的輕巧身段，在空中翻身躲過這一劍。

然後魏嶽以斧頭撥開綾斗看準自己落地而使出的刺擊，試圖以左手的鎖鍊纏住綾斗的腳。但綾斗以小巧的步伐躲開這一招，手中的《黑爐魔劍》同時一劈。

每一次交鋒，魏嶽的斧頭都會冒出火焰，應該是冬香的符咒效果。一如在《獅鷲星武祭》迎戰武曉彗，貼上好幾層會產生力場的符咒。以符咒保護斧頭不被《黑爐魔劍》破壞。

接著綾斗提升劍速，魏嶽同樣也加速迎擊。不知不覺中超越了綾斗的攻勢，轉守為攻。而綾斗同樣進一步提速，與魏嶽抗衡。雙方毫不退讓，劍刃與斧刃交鋒（嚴格來說其實沒有相碰），集中精神避免任何一擊失誤，專心一志地揮劍。

『突、突然上演好精采的攻防戰！話說我幾乎只看見劍閃而已！』

『竟然正面挑戰天霧綾斗的劍技，而且不相上下……那個叫魏嶽的式神果然不得了。如果他是學生的話，在我們學園肯定長期霸占前幾名呢。』

不久後雙方使出渾身一擊，彼此略為失去平衡，依然重新拉開距離。

「呼……真傷腦筋。」

綾斗抹去額頭上的汗水，忍不住嘀咕了一句。

魏嶽在近身戰鬥中發揮的力量，可能超越《獅鷲星武祭》當時的武曉彗。由於現在的武曉彗遠比當時強了不少，沒有直接交手過的綾斗也不清楚。不過純論本領的話，魏嶽絲毫不比武曉彗遜色。

「了不起，天霧綾斗。」

僅回答短短一句話後，魏嶽便再度舉起斧頭。

冬香跟著掏出大量符咒貼在斧頭上。應該是補充剛才交鋒時消耗的部分吧，真麻煩。

不過綾斗也並未白過這一年。

綾斗讓星辰力集中在右手，然後緩緩注入《黑爐魔劍》。這是充分發揮《黑爐魔劍》本身力量的代價——劍身微微顫抖，感覺得到劍在回應自己。

「喝啊！」

隨後綾斗縱身一躍，切入魏嶽懷中，揮舞下段架勢的《黑爐魔劍》朝上一劈。

「唔……!?」

這一擊與剛才不一樣，輕易將魏嶽的斧頭劈成兩半。連原本貼在斧頭上的符咒都一同起火，瞬間燃燒殆盡。

魏嶽身體後仰躲過劍尖，不過胸甲跟著一分為二，下半截在落地之前便消失無蹤。仔細一瞧，劈成兩半的斧頭碎片也不見蹤影。看來式神的武器遭到破壞就會消失。

魏嶽的第三隻眼睛驚訝地睜大，不過綾斗的攻勢並未停歇。

緊接著綾斗劈出的下一劍，魏嶽勉強跳到後方躲過，身體卻失去平衡。準備以渾身之力的刺擊追擊的綾斗，突然遭到連續落雷攻擊。

「哎呀，真是千鈞一髮呢。」

仔細一瞧，冬香手中像扇子一樣亮出幾張符咒，臉上露出泰然自若的笑容。

理所當然，這場戰鬥並非綾斗與魏嶽單挑。即使冬香不會涉險親自加入戰局，也會像剛才一樣支援。星仙術的支援模式相當豐富，不可小覷。

不過綾斗依然不疾不徐，以正眼的架勢舉起《黑爐魔劍》。

魏嶽很強。但即使有冬香的輔助，也並非無法戰勝。

憑藉綾斗的劍技與手中的《黑爐魔劍》。

能斬燒萬物，無法防禦的魔劍——只要能引發真正的力量，即使是符咒產生的力場都能輕易斬斷。由於會劇烈消耗星辰力，無法長時間維持這種狀態。但以綾斗的星辰力存量，足以維持一場比賽。

「竟然如此厲害……真是可怕的魔劍。」

「雖然好歹想過辦法，果然借來的東西不管用呢。」

嘴上讚嘆的魏嶽與冬香，態度依然從容不迫。代表她手中肯定還有殺招。綾斗也不認為能這麼輕易戰勝對手。

「沒辦法。雖然有點麻煩，但還是靠圍毆吧。」

話音剛落，便再度從冬香的袖口流出大量符咒。每次面對界龍的道士時都讓綾斗心想，這些多到彷彿無窮無盡的符咒，他們究竟收藏在哪裡啊。

猛然傾瀉的符咒一飛沖天，然後向四方飛散。

結果這些符咒瞬間變成大刀、長槍、斧頭與大劍等武器。而且不只十幾二十支，少說上百支。閃躲傾注在舞臺上的武器雨，同時綾斗環顧四周，發現刀槍劍戟早就將舞臺插成了樹林。

『怎、怎麼會這樣呢！梅小路選手撒出的符咒竟然變成了武器！』

『意思是只要《黑爐魔劍》砍壞手中的武器，就立刻丟棄撿起新武器吧。不過我不認為這種臨陣磨槍的招式能發揮什麼效果……』

綾斗也有同感。

《黑爐魔劍》的真正價值是無法防禦的攻擊，破壞武器只不過是附帶的。

即使感到訝異，綾斗依然小心觀察拔起長槍一揮，試探攻擊的魏嶽。結果發現冬香躲在魏嶽背後，再度結出複雜的印記。

（糟糕……！那邊才是殺招嗎！）

「急急如律令，敕！」

剎那間發出藍白色光芒，出現了新的鬼族。

是一名長髮飄逸的女性。身高與魏嶽相仿，不過略為嬌小。藍色肌膚，四隻手臂，長在額頭上的獨角比魏嶽的角細而長。眼神十分銳利，但端正的容貌堪稱美女。身材結實的她並未像魏嶽一樣身穿盔甲，僅在胸口與腰際披著極少的布。取而代之，她的四隻手都拿著刻有複雜紋路的巨大弓矢。

「不好意思，魏圈。妳幫忙一下魏嶽吧。」

「——遵命。」

名叫魏圈的鬼族恭敬回答後，僅與魏嶽一瞬間視線交會，隨即轉頭望向綾斗。

「小女名叫魏圈。乃保護鎮西奉行一族之梅的青鬼，敬請多多指教。」

清脆的聲音宛如帶有讓人發抖的寒氣。

「這下可傷腦筋了……」

魏圈散發的壓迫感絲毫不輸給魏嶽。綾斗沒想到冬香竟然還保留了與魏嶽同等級的式神。

「妳該不會接二連三，繼續召喚出和他們一樣的式神吧？」

「呵呵，很難說喔……雖然人家想虛張聲勢，但這就是人家的極限了。連人家都很難同時控制這兩人呢。」

即使笑容沒變，但她的臉上微微流下汗珠，表情的確有些難受。由於不像是星辰力急遽降低，可能是召喚或控制式神時會消耗某些其他要素。

「對了，梅小路家耗費千年組成的最強式神就是魏嶽與魏圈。來，反正式神不會死亡，你可以毫無顧忌地和他們過招喔？」

以冬香這句話為信號，魏嶽立刻往前衝。

綾斗正準備迎戰，卻發現身體不對勁。

感覺身體發熱，手腳沉重。而且腳步踉蹌，腦袋也像中了箭般，意識朦朧不清。簡直就像生病發高燒一樣。

（這是……！）

「魏圈的詛咒比人家的星仙術強多了。勸你最好小心一點喔。」

勉強躲過魏嶽的犀利刺擊，同時綾斗看向魏圈，發現她的身邊有大量萬應素擾動。四隻手中的兩隻已經結起複雜的印記，萬應素聚集在她的手周圍。

「竟然不需要咒具、儀式與咒語，這年頭真是方便哪。」

魏圈伶俐的表情一咧嘴，露出刻薄的笑容。

看來綾斗的異狀的確是魏圈的傑作——詛咒之類的效果。

（話說直接干涉身體的能力，效果竟然這麼強啊……！）

一般而言，干涉精神或身體的能力對《星脈世代》的效果，會因星辰力而大幅衰退。在《獅鷲星武祭》大殺四方的惡人隊中，梅杜羅乃是具備石化能力的《魔女》。但她碰上擁有充分星辰力的對手，同樣無法發揮完整效果。《極北天琴》這種純星煌式武裝大概算例外，亦即魏圈的詛咒威力與《極北天琴》同等級。剛才冬香自誇，式神是梅小路家耗費千年所打造，威力的確非同小可。

「唔……！」

腳步不穩的綾斗依然以《黑爐魔劍》斬燒魏嶽的長槍。逃離以拉開距離的魏嶽立刻丟下長槍，拔起手邊的大劍備戰，但綾斗只要爭取一瞬間的時間即可。

右手依然握著《黑爐魔劍》，綾斗以劍柄抵著自己的額頭，朝魔劍注入星辰力。

「破！」

然後直接略為晃動劍身，鮮紅色熱浪頓時透過綾斗全身，感覺一口氣輕盈許多。

以前遙利用《黑爐魔劍》，斬燒了《瓦爾妲＝瓦歐斯》竄改自己記憶的能力。綾斗有樣學樣斬斷了魏圈的詛咒。

可是──

「嗚、唔……！」

綾斗立刻又感到意識模糊，身體沉重。

「你斬斷了小女的詛咒嗎。但是這個世間充滿了妖氣，不論斬斷幾次都能重新詛咒。」

說著魏圈一拉弓，弦上跟著出現黑色箭矢。弓形煌式武裝同樣會自動產生箭矢，魏圈的箭矢看起來卻十分凶惡。

「斬！」

這時候魏嶽的大劍猛然來襲。

綾斗原本想以《黑爐魔劍》彈開朝右袈裟方向劈下的這一劍。可是這樣就必須硬吃魏圈提早一瞬間射出，軌跡還不規則的箭矢。無奈之下綾斗只好側身躲過魏嶽的大劍。但這次冬香的符咒宛如看準時機般，在綾斗的面前爆炸。

「嗚哇！」

即使立刻集中星辰力防禦，被爆風炸飛的綾斗依然在地面翻滾。這是界龍的雙胞胎搭檔在《鳳凰星武祭》中大量使用的爆雷符——但威力卻不可同日而語。

魏嶽沒錯過綾斗的破綻，進一步縮短距離。綾斗急忙一躍起身，同時重新舉起《黑爐魔劍》。正可謂毫無喘息的餘地。

魏嶽打前鋒，魏圈負責後衛，冬香負責支援，三人的合作絲毫沒有破綻。她似乎正是靠這一招，獨自戰勝《獅鷲星武祭》的強隊。

再加上目前的綾斗受到魏圈的詛咒，體能與判斷力大幅降低。如果《黑爐魔劍》頂多只能暫時消除詛咒，代表必須在這種情況下度過危機。

「戰局的確有點棘手呢……！」

抹掉從額頭滑落的汗珠，同時綾斗忍不住嘀咕。

「哈哈哈！強如天霧綾斗，看來現在也陷入劣勢了哪！」

界龍的特別觀戰室。

開心地拍手的星露，情緒似乎不如第五輪比賽時激動。不過第六輪比賽依然相當激烈，一旁待命的虎峰始終提心吊膽，不知星露何時又有什麼驚人之舉。

「哎呀~不過冬香的式神真的有點犯規呢。尤其在《王龍星武祭》。」

隔著星露站在另一側的瑟希莉一臉苦笑，同時表示。

「只要在規則範圍內，應付不了的對手自己活該哪。」

相較之下，星露始終冷淡。

「但是完全沒想到，她竟然有兩隻那麼強大的式神。」

在虎峰眼中，魏嶽與魏圈絲毫不比界龍的《始頁十二人》——名列前茅的強者遜色。

即使不甘心，但連虎峰都不敢保證能單挑打贏魏嶽。

「畢竟那兩隻式神是特製的哪。梅小路家代代相傳的式神，冥慟鬼就是那兩隻，魏嶽與魏圈的合稱。不過長達千年的家族歷史中，能同時控制那兩隻的當家似乎少到一隻手數得出來。光看這一點，冬香都具備傑出的才能哪。」

「話說魏圈的詛咒也太強了吧。那根本不是人類能用的招式，啊，她的確不是人。」

說著，瑟希莉不甘心地咬指甲。

身為道士，她似乎有自己的想法。

「因為魏圈的體內已經編寫了術式哪。她和透過星辰力轉換萬應素的《魔女》與《魔術師》不一樣，是直接轉換萬應素成詛咒。以前由於萬應素稀少，必須地點和輔助道具齊備。如今全世界充滿萬應素，她才能隨意施放。相較之下，她的體能就比魏嶽略差了。」

「那麼……意思是這樣下去，冬香小姐會獲勝嗎？」

「唔~很難說喔？對手可是《叢雲》耶？我不認為他會束手無策呢。」

對於虎峰的意見，瑟希莉露出惡作劇的笑容。

「是啊，老娘也不認為天霧綾斗會一籌莫展……但同樣不覺得冬香會大意失荊州。畢竟……」

說到這裡，星露開心地瞇起眼睛，笑得肩膀晃動。

「冬香她啊……尚未使出那招祕術哪。」

『——猛攻猛攻，再度猛攻！梅小路選手與兩隻式神的激烈攻勢如狂風暴雨，卻完美地合作無間，逼得天霧選手陷入苦戰！』

『即使戰局隨時有可能結束，天霧選手真能撐呢。雖然他沒有完全躲過攻擊，卻都盡可能降低受到的傷害……該說真不愧是《叢雲》嗎。』

事實上，綾斗已經陷入劣勢。

魏嶽的攻勢從未停止，接二連三使出激烈又不間斷的攻擊。即使以《黑爐魔劍》破壞他手中的武器，但他又立刻改拿其他武器。而且無論是長槍、大劍或斧頭，他使出的招式一點都不輸各路高手。

魏圈一直與近身火併的綾斗與魏嶽保持距離，同時連射漆黑箭矢。最棘手的是，她與魏嶽合作無間，總在綾斗最不願的時機——對魏嶽而言的絕佳時機射箭。

更重要的是，魏圈的詛咒依然毫不留情地侵蝕綾斗。

冬香施放的符咒同樣煩人地攻擊綾斗的破綻。又是雷擊，又是爆炸，偶爾還召喚新的式神直接攻擊綾斗，因此極難預料。

要持續躲避三種不同的攻擊相當困難，無論如何都得硬吃攻擊。

「呼……呼……！」

由於集中星辰力防禦，目前綾斗尚未受重傷。但制服已經破破爛爛，還有數不盡的瘀青與撕裂傷。

另外綾斗也逐漸呼吸急促，但對手當然不會手下留情。

「嘖！」

綾斗朝後方一跳，躲避魏嶽揮舞的長矛，同時在空中迎擊魏圈瞄準自己發射的箭矢。冬香擲出的三張符咒分別變成獨眼烏鴉，直撲落地的綾斗，綾斗勉強以手刀撥開其中兩隻。不過剩下一隻的尖銳鳥嘴刺中了綾斗的側腹，疼痛讓綾斗忍不住皺眉。即使傷口很淺，累積下來依然不可小覷。

（想不到竟然完全沒有接近的破綻……！）

即使是合作攻擊，所有人的行動也不可能總是毫無破綻。只要時間一長，不論累積多少訓練都總會有失誤。經歷過《獅鷲星武祭》的綾斗也很清楚這一點。即使是號稱團隊合作最強的蘭斯洛特隊，都不可能一直持續完美無缺的合作攻勢。若是運算能力遠超人類的擬形體，像阿爾第或莉姆希也許還有可能。可是實戰中許多人的混戰局面下，無論如何都需要依序修正，所以依然不現實。

可是魏嶽與魏圈兩人的行動卻完全同步，簡直就像同一隻生物。冬香的支援只不過是順勢而為，本質上算是附加的。綾斗能勉強熬過攻勢，是靠兩項壓倒性的優勢。其一是利用的知覺擴充技術『識』的境地。其二則是只要擋住，就能破壞對手武器的《黑爐魔劍》。

綾斗也想過，只要魏嶽與魏圈或多或少出現破綻，就強行突破。但這個可能性微乎其微。如此一來就只能硬逼兩人露出破綻，可是再繼續耗下去，兩人甚至不會給自己時間突圍。

「呼……」

沒辦法。

看來綾斗也只能拿出第二張王牌。

承受絲毫沒有鬆懈的凌厲猛攻，同時綾斗調整『識』的境地精確度。離自己愈遠就愈稀薄，愈近則愈強烈。然後讓意識融入境地之中——

「天霧辰明流劍術極傳之二——『伶』。」

「唔……？」

見到綾斗突然停下來，放下手中的劍，魏嶽露出訝異的眼神。但他手中的長矛依然不留情地刺過去。

相較之下，綾斗就像半反射性地行動。綾斗僅後退半步便躲過魏嶽的攻擊，接著上半身同樣略為一閃，躲過魏圈的箭矢。然後趁冬香的符咒啟動前，以《黑爐魔劍》一閃掃蕩一空。

『嗯？天霧綾斗的動作改變了……？』

解說員札哈露拉訝異地表示。

『詩句蜜酒』的管理人不是白當的，她似乎看一眼就發現了。

那麼理所當然，實際交手的魏嶽與魏圈肯定也已經察覺。

「唔……！」

「這是……」

持續攻擊的魏嶽與魏圈，表情愈來愈嚴肅。

可是卻連綾斗的身體都擦不到。不論魏嶽的長矛，魏圈的箭矢，以及冬香的符咒，所有攻擊都落了空。

『這、這究竟是怎麼回事呢！剛才天霧選手明明陷入苦戰，現在梅小路選手等人的攻擊卻突然完全打不中！』

『兩隻式神的攻擊精確度沒有改變。而是天霧綾斗的反應速度比剛才快了一截。不，再怎麼說……這也太快了。』

札哈露拉的聲音有些錯愕。

這也難怪。如果天霧辰明流劍術極傳之一『晦』是不折不扣的後發先制絕招，那麼『伶』就是百分之百的防身技。藉由分強弱的『識』之境地與意識同步，現在綾斗的身體能反應各種攻擊，並且半自動地閃避。放棄所有反擊，讓身體的動作比思考更快。只要對手的攻擊沒有超越綾斗的反應速度，就無法命中綾斗。

根據遙的說法，『俳優（伶人）』是指藉由身體與手足的動作，讓神進入自己的體內。綾斗現在一如其名，達到了堪稱神速的領域。

「哎呀，真是優雅。好像在跳舞一樣呢。但是一直逃跑可贏不了喔，難道你想打持久戰嗎？」

冬香略為睜大謎起的眼睛，雙手掏出大量符咒。

「呵呵，其實無所謂。既然你不打算進攻，那人家就好好準備一番囉。」

隨後出現巨大魔法陣，從陣中出現無數異形式神。這是在預賽使用過的百鬼夜行。乍看之下每隻式神都不強，可能打算靠「神」海戰術。

不過這也在綾斗的預料之中。

發動『伶』的期間綾斗雖然不會輸，可是一面倒的防禦同樣無法擊敗對手。這原本是在戰場上保命的絕招，綾斗從一開始就知道不適合這種比賽……尤其是個人戰。

綾斗目前需要的是時間。

——不像之前胡亂注入星辰力。是為了精密調整，施放出百分之百符合自己控制的流星鬥技。

「喝啊——————！」

綾斗大吼的同時解除『伶』，同時使勁一揮光芒爆發性增幅的《黑爐魔劍》。

「!?」

「什麼……！」

即使魏嶽與魏圈驚愕地睜大眼睛，依然試圖躲避，卻慢了一步。

綾斗的星辰力引發過剩萬應現象，讓劍身大幅膨脹。但不像之前只是單純變大，而是鋒利又帶有曲線，不過分臃腫卻依然強力——憑之前的流星鬥技，大概不是魏嶽與魏圈的對手。可能會輕易被躲開，遭到趁虛而入後落敗。

但如今，綾斗已經能讓《黑爐魔劍》變成最佳尺寸。即使在流星鬥技的狀態下，應該也能成功。當然過程得花一段時間，所以才先施展『伶』。

「唔……！」

「嘖！」

撕裂風勢一閃的《黑爐魔劍》斬斷了魏嶽的左手與魏圈的弓。同時劈飛了剛才冬香召喚的大半式神。

綾斗沒錯過這個機會，進一步舉起恢復合適尺寸的《黑爐魔劍》一口氣往前衝。穿梭在插滿舞臺的武器林之中，目標當然是冬香本人。

魏嶽與魏圈立刻試圖擋住綾斗的去路，但綾斗快了一步。

「哎呀呀……這可傷腦筋呢。」

冬香召喚剩下的百鬼夜行式神回到手邊，可能要用來當牆壁防禦。

即使身負詛咒與腳傷，但這種程度的式神根本擋不住綾斗。以《黑爐魔劍》應該足以斬斷所有式神。

（看我的……！）

綾斗使勁往前跨步，並且《黑爐魔劍》刺向冬香胸前的校徽。

可是──

「……『式府混交』。」

低頭的冬香嘴裡一嘀咕，剎那間龐大萬應素晃動，召回的式神被冬香的身體吸收。

「咦……!?」

下一瞬間，冬香以難以置信的敏捷動作躲過綾斗的刺擊，空手抓住了魔劍的劍身。

綾斗握著《黑爐魔劍》的手使勁，卻依然文風不動。難以想像冬香的臂力與自己不相上下。

但是空手握住高熱的劍身，難免燒灼掌心的肌肉。冬香卻面不改色地進一步往前跨。進入空手的間距後，冬香的左手悄悄伸向綾斗的右手。

（糟糕……！）

綾斗迅速放開《黑爐魔劍》，往後一跳逃離。

如果不當機立斷，右手恐怕就斷了。

「呼……彼此都差一點呢。」

冬香緩緩說完後，丟開劍身依然抓在手中的《黑爐魔劍》。在空中旋轉了好幾圈後，《黑爐魔劍》直接插在舞臺上。

「……真傷腦筋，沒想到近身戰鬥竟然輸給了妳呢。」

即使嘴上說著，綾斗依然注意魏嶽與魏圈的動靜。

魏嶽面不改色，撿起被砍斷的右手接回原處。魏圈則移動到冬香丟出的《黑爐魔劍》一旁看管。果然毫無破綻。

「人家畢竟是界龍的一分子啊。學個幾招很正常嘛……？呵呵呵！沒有啦，剛才是騙你的。人家再怎麼練，力量和技巧也不可能比得上你啦。」

掩著嘴角的冬香呵呵一笑。

「剛才那是……？」

「那是好不容易才重現天日的梅小路家祕術，叫做『式府混交』。藉由結合式神的力量，轉換成龐大力量的法術……很厲害吧？」

原來是這麼一回事。

剛才召回的式神不是用來當牆壁，而是使用這招祕術的觸媒吧。

「不過還不太行呢，很難控制……你看。」

冬香掀開袖子露出自己的右手。剛才抓住《黑爐魔劍》劍身的掌心燒得潰爛，看起來很痛。更重要的是她的手腕無力下垂，似乎折斷了。

「畢竟剛才情急之下，式神的量似乎太多了。人類的身體好像難以承受。」

但冬香的臉上始終保持笑容。她這份從容究竟從何而來呢。

話雖如此。

「意思是剛才那一招無法使用太多次吧。」

說著，綾斗拔起插在附近的日本刀。這是剛才冬香撒在舞臺上供魏嶽使用的，現在綾斗就不客氣了。

「呵呵，未必喔。人家剛才不是說過，人類的身體承受不了嗎？那只要讓身體足夠強韌的對象使用即可。」

「！」

在冬香說完之前，魏嶽便直撲綾斗。

魏嶽使勁一戳的長矛一擊刺穿了地面。緊接著刺向綾斗喉嚨的一擊，綾斗以日本刀擋住。

「來來來，該準備份出勝負囉。」

剛才冬香召喚的無數式神逐漸被魏嶽吸收，眼看魏嶽的身體變得愈來愈大。剛才綾斗好不容易擋住魏嶽的長矛，現在卻難以承受愈來愈強的力量。

「唔……！」

在破防之前綾斗勉強翻滾逃脫。再看魏嶽，發現他的身軀已經超過五公尺。

「這是……」

龐大身軀散發出比剛才強上許多的壓迫感。

「接下來才重頭戲，人家可不會手下留情囉——魏圈。」

「遵命。」

恭敬一敬禮的魏圈，輕巧跳到魏嶽的前方。

「難道……!?」

只見魏圈的四隻手輕輕一碰魏嶽，下一瞬間便被吸收而消失無蹤。

「噢噢噢噢噢噢噢噢噢噢噢噢噢噢噢噢噢噢噢噢噢噢噢噢噢！」

震耳欲聾的吼叫聲撼動空氣，魏嶽的巨大身軀足足大了一圈……不，超過兩圈。額頭上新長出一隻角，肩膀上多了兩隻手臂。現在的魏嶽身高足足將近十公尺。

壓倒性的厚重力量，連隔一段距離都能清晰感受得到。

『這、這是怎麼回事呢！梅小路選手的式神合而為一，變得更巨大了！這樣行嗎？這樣真的沒犯規嗎！』

『……應該沒有犯規吧，其實我不清楚。』

「呼……這才是梅小路家貨真價實的最強式神。如果能打敗他的話，嗯，嗯，儘管放馬過來吧。」

即使難掩疲勞的神色，冬香依然面露笑容。

綾斗搶先一步衝上前，試圖回收《黑爐魔劍》。但是下一瞬間，魏嶽已經繞到自己面前。他手中早已沒有武器，四隻手臂全都握拳。

（身軀這麼巨大，動作卻快得離譜……！）

綾斗本能地採取行動，雙臂交叉擺出防禦架勢。

「嘎啊啊啊啊啊啊啊啊啊啊啊啊啊！」

被魏獄宛如巨樹的手臂砸中，綾斗像顆皮球一樣彈跳，在舞臺上翻滾。冬香以符咒產生的眾多武器還插在舞臺上，被綾斗輾過後紛紛碎裂消失。

「唔——！」

即使集中星辰力擋住，衝擊力依然讓綾斗覺得骨頭作響，內臟彷彿被壓扁。

綾斗立刻起身試圖重整旗鼓，魏獄的巨大身軀卻從天而降。

在被踩扁前一刻逃離的綾斗，丟下不知何時折斷的日本刀，拔起手邊的長槍。

「吼嚕嚕嚕……！」

魏獄的第三隻眼盯著綾斗，同時發出威嚇的吼聲。

相較之前的魏獄，看起來似乎失去理性。但綾斗立刻知道並非如此。他和之前一樣……不，比之前更沒有破綻。而且不論臂力與速度都超越了綾斗。

（如果有《黑爐魔劍》的話……）

綾斗瞥了一眼，只見《黑爐魔劍》在魏獄的遙遠後方。

魏獄肯定不會讓綾斗這麼輕易回收魔劍。

「噢噢噢噢噢噢噢噢噢噢噢噢噢噢噢噢噢噢噢噢！」

大吼一聲後，魏獄一口氣縮短間距。

要躲過四隻手的攻擊簡直難如登天。綾斗勉強躲過三隻，卻再度被第四隻手的反手拳打飛。

在撞上舞臺前綾斗做出受身動作，略為搖晃衝擊力導致意識矇矓的頭。然後迎戰撲向自己追擊的魏嶽。即使運用『伶』，面對魏嶽多半也撐不了太久。況且就算爭取時間，無計可施也沒有意義。

「天霧辰明流槍術──『壬雲蜂』！」

綾斗使出渾身力氣的三段突刺。

但魏嶽的手臂絲毫沒有傷痕，只有綾斗的長槍碎裂。

「啊……」

一瞬間的破綻。

魏嶽並未錯過，一腳踹飛綾斗的身體。

然後雙手緊握，狠狠將彈向空中的綾斗搥落地面。

「咕哇……！」

這一擊實在無法受身。

足以在地上砸出陷坑的衝擊力讓綾斗吐血，拚命維持逐漸變黑模糊的意識。雖然勉強撐起上半身，但綾斗全身都在哀號，短時間實在無法動彈。

「噢噢噢噢噢噢噢噢噢噢噢噢噢噢噢噢噢噢噢！」

朦朧的視野出現魏嶽的巨大身軀。

綾斗知道他緩緩舉起拳頭，準備給綾斗最後一擊。

（看來……真的很不妙了呢……）

——就在這時候。

有某種事物觸碰到綾斗的朦朧意識。

是種無法以言語表達的明確意志。綾斗體驗過這種感覺好幾次。第一次是在《鳳凰星武祭》與《吸血暴姬》依蕾奈……以及《霸潰血鐮》對峙時。最近一次，則是與遙特訓的時候。

沒錯，所以綾斗立刻發現。這是——《黑爐魔劍》的意志。

同時綾斗感到不可思議。

目前《黑爐魔劍》不在自己手中。可是卻感覺到比以前更強的聯繫。

《黑爐魔劍》在發怒。

原因不明。難道因為使用者綾斗太不中用嗎。

仔細想想，《黑爐魔劍》總是這種感覺。不滿，不爽，憤怒，焦躁——它總是充滿這種情感，連第一次遇見《黑爐魔劍》時也是……

這時候綾斗才發覺，《黑爐魔劍》究竟想傳達什麼。

對了，原來是這樣啊。

憑現在的綾斗，的確可以——

「嗚噢噢噢噢噢噢噢噢噢噢噢噢噢噢噢噢噢噢噢噢噢！」

「……來吧。」

綾斗低聲一喊，剎那間魏嶽砸向自己的手臂遭到斬燒。

原因是猛然在空中飛舞，回到綾斗跟前的《黑爐魔劍》。

『想、想想想想不到！天霧選手陷入大危機，眼看比賽要分出勝負的瞬間，《黑爐魔劍》竟然自行活動。而且一劍斬斷了梅小路選手的式神手臂！』

「呼……得救了，《黑爐魔劍》。」

搖搖晃晃的綾斗站起身後，向散發熱氣並飛到自己面前的《黑爐魔劍》道謝。

其實這並不稀奇。綾斗第一次遇見《黑爐魔劍》，檢查適合率的日子。《黑爐魔劍》同樣像現在一樣自行活動，自由自在地四處飛舞。那麼這次沒理由不能如法炮製。

而且現在的綾斗可以更巧妙地運用《黑爐魔劍》。

「咕啊啊啊啊啊啊啊啊啊啊啊啊啊啊啊啊啊啊啊啊啊！」

另一方面，魏嶽以剩下的三隻手撿起被砍斷的手臂，像剛才一樣接回去。傳說中的鬼即使遭到斬首，都能重新接回腦袋，的確了不起。

但是綾斗沒必要瞄準魏嶽的脖子。只要比賽能贏即可。

「……好，上吧。」

宛如回應綾斗的話，《黑爐魔劍》強烈震動。

飛在空中的《黑爐魔劍》一劍劈向魏嶽，綾斗跟在後頭也追上前去。

「咕嗚嗚嗚嗚嗚嗚嗚嗚嗚嗚嗚嗚嗚嗚嗚嗚嗚嗚嗚嗚！」

《黑爐魔劍》透過綾斗的意念，自由自在地四處遊走，攻擊魏嶽。

（原來如此……使用煌式遠距引導武裝是這種感覺啊。）

對身為劍士的綾斗而言，這種感覺很不可思議。但幸好自己身邊就有Asterisk首屈一指的煌式遠距引導武裝使用者。綾斗已經親身體驗過，怎麼運劍最能讓對手疲於應付。

面對糾纏不休的《黑爐魔劍》，魏嶽明顯疲於應付。以魏嶽現在的體格而言，《黑爐魔劍》就像小樹枝一樣。但如果要擊落魔劍，燒斷的可是自己的手。

但魏嶽依然續閃躲。只見他縮起身體，不時拍開發光的劍身躲避。無法防御的魔劍幾乎從三百六十度，上下左右前後來襲。光是熬過這波攻勢，都能看出魏嶽的驚人體能。

不過——這是在不考慮綾斗的情況下。

此時綾斗已經溜進魏嶽的腳邊。

「天霧辰明流組討術——『武姿崩』。」

綾斗卯足全力，一掌擊中魏嶽宛如鐵塔般支撐重心的腿。面對現在的魏嶽，這一掌不足以造成傷害。而且『武姿崩』是擾亂力量的流動，讓對手失去平衡的招式，屬於天霧辰明流組討術的基本技巧。目前魏嶽的上半身受到四處飛舞的《黑爐魔劍》干擾，已經失去平衡。此時再攻擊下半身的話——

「咕噢噢噢噢噢噢噢噢噢噢噢噢噢噢噢噢噢噢噢噢噢噢噢！」

不論身軀多麼巨大，多麼強韌，這一擊都非倒地不可。

再加上。

「天霧辰明流劍術奧傳——『修羅月』！」

綾斗並未觸碰《黑爐魔劍》，以遠距操作使出天霧辰明流的絕招。

超速穿梭的《黑爐魔劍》，一口氣斬斷了魏嶽試圖支撐搖晃身軀而伸出的四隻手臂。

「嘎啊啊啊啊啊啊啊啊啊啊啊啊啊啊啊啊啊啊啊啊啊！」

魏嶽的巨大身軀揚起塵埃，仰面朝天躺在舞臺上。

隨後綾斗跳上魏嶽的胸口，握住回手的《黑爐魔劍》抵著魏嶽的面前。

「咕嗚嗚嗚嗚嗚嗚嗚嗚嗚嗚嗚……！」

第三隻眼睛怒火中燒，魏嶽緊緊瞪著綾斗。可是目前的情況讓他無計可施。

「我想勝負應該揭曉了……如何？」

說著，綾斗望向冬香。

冬香睜大修長的眼睛，臉上始終維持笑容面對綾斗的視線。但是不久後便垂頭喪氣，表情轉變成苦笑。

「……哎，的確，看來人家沒戲唱了。投降，投降啦。」

嘆了一口氣後，冬香始終維持優雅的動作舉起雙手。

「梅小路冬香，投降。」

「──比賽結束！勝者，天霧綾斗！」

就在機械聲音宣告勝負揭曉，盛大歡呼聲傾注時。綾斗轉了一圈《黑爐魔劍》，輕撫核心。

「謝謝你啊，《黑爐魔劍》。」

這次如果沒有《黑爐魔劍》的力量，根本無法戰勝對手。

不過這次《黑爐魔劍》沒有回應綾斗，一直保持沉默。彷彿在說這點程度是當然的。

「……你這一點還是沒變呢。」

宛如不坦率的某人，綾斗既高興又難過，感覺心情複雜。

因為──接下來必須與她決鬥。

第三章　半準決賽第二回合

下雨的那一天——烏絲拉・思文特來到席爾薇雅住的鎮上時，席爾薇雅才剛滿九歲。

烏絲拉在鎮外的森林附近搭帳篷，像是在該處住了一段時間。鎮民對突如其來的外鄉人感到困惑，卻並未不講情面趕人。因為鎮民心地善良。但他們同樣膽小，沒有積極與烏絲拉交流。

除了席爾薇雅一個人以外。

「——妳好。要不要喝杯咖啡呢？」

「！」

席爾薇雅偷偷摸摸，屈身在高聳的草叢中移動，還躲在岩石後面偷窺動靜。但烏絲拉宛如早已看穿一切，面露笑容打招呼。

驚訝地瑟縮身體的席爾薇雅，左顧右盼不知如何是好。足足煩惱了五分鐘左右，才終於戰戰兢兢從岩石後方探出半個頭。

「……妳、妳是怎麼知道我在這裡的？」

「嗯……應該是氣味吧？」

「咦……！」

席爾薇雅急忙聞了聞自己的手臂和衣服，心想自己有這麼臭嗎。今天為了盡可能活動方便，換上平常幾乎不穿的褲子。難道因為一直塞在衣櫃深處才發臭嗎。

「噗……哈哈哈哈！抱歉，我開玩笑的，開玩笑！」

不過見到席爾薇雅慌張的模樣，烏絲拉大笑著解釋。

「什麼……！」

發現自己被耍了的席爾薇雅，面紅耳赤地嘟起臉頰。不過烏絲拉卻遞給她金屬的杯子。

「其實我的耳朵很靈。妳撥開草叢、踩踏砂礫，甚至連你的呼吸聲，我全都聽得一清二楚喔。」

席爾薇雅還不知所措，但烏絲拉似乎絲毫沒有收手的模樣。無可奈何下她只好走上前，接過杯子。稍微舔了一口淺嘗後發現，咖啡甜得讓她驚訝。原來是加了許多牛奶與砂糖的熱咖啡。

這時候席爾薇雅終於有心情觀察四周。

後方的帳篷並不大，應該剛好能容納兩名大人。太陽還高掛天空，但是篝火卻熊熊燃燒。一旁的烏絲拉並非坐在椅子上，而是一小塊岩石。仔細一瞧，席爾薇雅手中的金屬杯也相當有年份，看得出她用了很久。

「啊，小姊姊是前幾天，借我屋簷躲雨的那一家嗎？」

目不轉睛注視席爾薇雅後，烏絲拉一拍手。

沒錯。幾天前的一場雨，烏絲拉就在席爾薇雅家的屋簷下暫避。雖然席爾薇雅僅在拉開窗簾偷看的一瞬間見到烏絲拉的臉，卻給烏絲拉留下深刻印象。

「當時真是幫了大忙呢。因為我還沒有準備好帳篷。」

說著烏絲拉露出爽朗的笑容。她的容貌輪廓較深，顯得十分成熟，卻又比想像中年輕些，可能才十五、六歲吧。淺灰的水藍色秀髮隨意紮在一起，身上也穿著襯衫與熱褲，幾乎沒有打扮。似乎也沒有化妝。

「我叫烏絲拉，小姊姊妳呢？」

「……席爾薇雅・琉奈海姆。」

「嗯，好名字呢——噢，我還有餅乾，吃吧。」

烏絲拉說完，遞出放在自己旁邊的小紙袋。裡面裝著簡單的原味餅乾，席爾薇雅嘗了一塊，發現與甜咖啡十分搭配。

「請問……妳是從哪裡來的呢？」

「哪裡啊……？嗯～我誕生的地方是這裡的遙遠北方。不過我已經在各地旅行了很久，所以也不知道該怎麼回答妳。不論東方，南方或西方，我一向隨興所至。」

「旅行……一直獨自一人嗎？」

「是啊，隨興地展開一人旅行。」

烏絲拉開朗地回答，但席爾薇雅實在難以置信。

「這、這樣不危險嗎……？」

席爾薇雅甚至沒離開過這座城鎮，不清楚外面世界的情況。但也想像得到，女孩子獨自旅行肯定相當危險。

「當然，我也並非從未碰上麻煩，但我畢竟也是《星脈世代》呢。」

「啊……果然是這樣。」

其實從第一眼見到烏絲拉，席爾薇雅就隱約有這種感覺。

無法確定的原因是，席爾薇雅並未見過除了自己以外的《星脈世代》。

「妳也是吧，席爾薇雅？」

「……嗯。」

由於不值得自豪，席爾薇雅回答的聲音也自然小了些。

「唔……」

見到席爾薇雅這樣，烏絲拉一拍手，試圖改變話題。

「那麼席爾薇雅，那就聽聽妳有什麼事吧。」

「咦……？」

「妳有事情找我，才會來到這裡吧？」

聽到烏絲拉開門見山詢問，席爾薇雅一瞬間別過視線，支吾其詞。

她的確有事情找烏絲拉才會前來。

原因是——

「——是、是歌。」

「嗯？」

「因、因為妳的歌聲……這個……非、非常好聽……！」

席爾薇雅勉強擠出這句話後，烏絲拉驚訝地眨了眨眼睛。

「啊，謝謝妳……哈哈，真是光榮。」

這時她首次露出芳齡少女的害羞笑容。

見到烏絲拉難為情地撓撓臉頰，席爾薇雅也才對她產生親近感。

「妳之前躲雨的時候，唱的是什麼歌呢？」

席爾薇雅個性消極又畏縮不前。會下定決心前來這裡，是因為那個雨天聽到烏絲拉的歌聲難以忘懷。

「嗯……抱歉，我不太記得了。」

結果烏絲拉本人卻一臉傷腦筋地開口。

「咦？」

「我經常下意識地哼歌。所以該說連我自己都不知道嗎……抱歉喔。」

「怎麼會……」

聽得席爾薇雅垂頭喪氣。

那曲調既懷念又激烈。清澈的旋律讓人胸口澎湃，內心震撼。

為了想再聽一次才來到這裡，結果撲了個空。

「唔……」

實在無法就此放棄的席爾薇雅，深呼吸一口氣後，順著記憶開口唱。

「————」

由於她只記得片段歌詞，只重現了曲調。

「……！」

烏絲拉一聽，頓時睜大眼睛愣住。

難道自己果然唱得不好嗎。

畢竟席爾薇雅以前幾乎沒唱過歌。

甚至連接觸歌聲的機會都不多，頂多只在教會聽過讚美歌。

但席爾薇雅也想不到更好的方法。

「……記得那首歌是這樣唱的……想、想起來了嗎？」

唱完後席爾薇雅小心翼翼地詢問。剛才一臉茫然的烏絲拉隨即面露苦笑，小聲嘀咕。

「哎呀……真是輸給妳了呢。」

「？」

「噢，不，沒什麼。抱歉，我還是想不起來。」

「是嗎……」

聽到烏絲拉的回答，席爾薇雅失落地低下頭去。肯定是因為自己唱得太差了。

「話說席爾薇雅，原來妳是《魔女》呢。」

「……《魔女》？我嗎？」

突然聽到烏絲拉這麼說，席爾薇雅一頭霧水。

席爾薇雅聽過，《星脈世代》之中有人能與萬應素感應，使用不可思議的力量。但她不認為自己也能做得到，肯定是哪裡弄錯了。

「妳沒發現嗎？剛才妳唱歌的時候，身旁的萬應素有反應喔？」

席爾薇雅搖搖頭。

最重要的是，剛才光唱歌很努力了，根本沒有餘暇顧及身旁的情況。

「嗯，還沒有自覺嗎……應該說能力本身尚未覺醒吧。」

烏絲拉沉思一番後，露出溫柔又認真的表情，筆直注視著席爾薇雅的眼睛。

「怎、怎麼了嗎……？」

「席爾薇雅，如果妳願意的話，我來教妳唱歌吧？」

「咦!?」

出乎意料的提議，嚇得席爾薇雅忍不住後退。

「我、我又不是自己想唱歌……」

真的只是想再聽一次當時那首歌。

「沒關係，我不會勉強妳。不過……懂得愈多應該愈不用擔心吧。比方說我的本領還不錯，才敢獨自旅行。因為會唱歌，才有機會與妳見面啊。」

「懂得愈多……」

聽烏絲拉這麼說，席爾薇雅思考自己究竟會些什麼。

平時總是獨自關在房間裡看書，或是由父母帶著參加禮拜……當然會幫忙做點家事，但席爾薇雅真的沒有自己專屬的技能。

「妳的聲音非常優美，足以震撼人心。我認為妳肯定能唱出很棒的歌聲。」

「……真的嗎？」

第一次有人這樣告訴自己，席爾薇雅筆直注視烏絲拉的眼睛。

「嗯，是真的。說不定——將來妳會成為非常厲害的歌姬喔。」

即使覺得這句話實在吹捧過了頭，但烏絲拉的誠摯要求的確打動了席爾薇雅的內心。

「我、我知道了……！教我怎麼唱歌吧，烏絲拉……！」

之後烏絲拉在鎮上逗留的短暫夏季，席爾薇雅天天來找她。不只學習唱歌，還包括各式各樣的知識。對於一直住在小鎮上的席爾薇雅而言，烏絲拉提到的寬廣世界充滿了魅力，讓小小的她激動不已。

「總有一天我也想像妳一樣外出旅行。」

席爾薇雅提出這種願望後，烏絲拉便開始教她防身術。包括使用煌式武裝，以及運用星辰力的方法。還有體術與訓練訣竅——雖然與烏絲拉的相處時間不到兩個月，但毫無疑問是席爾薇雅人生中最充實的時光。

不久後烏絲拉再度踏上旅行，離開鎮上。但兩人依舊以手機保持聯繫，並且聊了許多。連席爾薇雅覺醒成為《魔女》時，也是烏絲拉給予準確的建議。

席爾薇雅也跟著自修，鍛鍊，反覆累積，不斷成長。

當初膽小又畏縮的孩子，不知不覺成為快活而積極的少女。

這種日子持續了幾年後，某一天。

「——其實這次我受到Asterisk的邀請……嗯，對。就是受到拉攏啦。我心想，真虧她們能找到四處晃來晃去的我呢。反正我從以前就想到那座都市去看看了。」

這是兩人最後一次對話，之後與烏絲拉的聯絡便突然中斷。

席爾薇雅也盡自己的力量嘗試尋找。但即使她大幅成長，或是成為《魔女》，區區窮鄉僻壤的少女力量終究有限。

這時候出現的，是葵恩薇兒學生會長，佩多拉．綺維蕾芙特。

＊＊＊＊

「……當初她說自己不記得，肯定不是實話吧。」

走在通往舞臺的通道上，席爾薇雅獨自嘀咕。

現在回想起來，小時候席爾薇雅唱的曲調——至少與記憶中聽到的相比，幾乎沒有唱錯。

自從就讀葵恩薇兒後，席爾薇雅從頭搜索過網羅了古今中外歌曲的資料庫。但始終沒有找到烏絲拉在那個雨天唱過的歌。這代表那首歌並非既有，而是烏絲拉原創的曲子。

「不知道她當時為何要說那種謊，但我不會放棄的。」

還想再聽一次那首歌。

還想再見她一面。

仔細想想，這才是席爾薇雅來到Asterisk的目的。

在席爾薇雅靠自己的力量，卯足全力努力後，不知不覺成為他人口中的世界級歌姬。成為排名第一，當上學生會長，還有了重要的朋友與可愛的學妹們。甚至有了自己第一次認真喜歡的對象。

——還有想擊敗的對手。

這一切都要感謝烏絲拉。

正因如此，才希望傳達歌聲給內心遭到純星煌式武裝囚禁的烏絲拉。

唱出烏絲拉以前說過，自己成為歌姬之後的歌聲。

『登場登場登場，登場啦！出現在東門的是世界級的歌姬，世界最頂級的偶像，葵恩薇兒女學園排名第一，上屆《王龍星武祭》亞軍！《戰律魔女》席爾薇雅・琉奈海姆！』

上。

聽著轉播員克里斯緹・柏多安的亢奮轉播，席爾薇雅緩緩走在通往舞臺的渡橋上。

眩目的燈光，狂熱的觀眾與激動的歡呼聲，以及無數盯著自己的視線，席爾薇雅都早已熟悉。但唯有已經站在舞臺上的對手，每次看到她都會背脊冒冷汗。

奧菲莉亞・蘭朵露芬。

雷渥夫黑學院排名第一，稱霸《王龍星武祭》兩次的絕對王者。

在上屆《王龍星武祭》決賽中打敗席爾薇雅的《孤毒魔女》。

「嘿喲。」

席爾薇雅跳下渡橋，在奧菲莉亞面前華麗著地。

「好久不見了，奧菲莉亞。」

「……」

即使面對席爾薇雅的問候，奧菲莉亞始終沒有反應。

表情一如往常虛幻又悲傷，她的身影就像夜晚的黑暗一樣深沉又寂靜。

「哎，妳還是一樣冷淡呢。」

就在無可奈何的席爾薇雅即將前往規定位置時。

「──席爾薇雅・琉奈海姆。」

奧菲莉亞忽然開口。

席爾薇雅回頭一瞧，只見奧菲莉亞冰冷得宛如全身散發寒氣。卻又以充滿憂傷的聲音接著說。

「上一次決鬥時，即使妳的命運不及我，但的確很強大。今天我很期待……妳的命運究竟提升到什麼樣的高度。」

「哦……原來連妳也充滿了幹勁嘛。」

話說她在第五輪比賽陷入前所未見的困境，即使是暫時的。雖然以壓倒性勝利結束，但她在比賽中難得露出的憤怒情感，給人深刻的印象。說不定當時的熱度還留在現在的她身上。

不，或許是——

『這場比賽是相隔三年的報仇戰！勝利者究竟是絕對王者，還是世界級的歌姬呢！各位觀眾，比賽即將開始！』

席爾薇雅與奧菲莉亞彼此互瞪了一會。不過聽到克里斯緹的聲音後，兩人同時轉過頭去，邁開腳步。

席爾薇雅啟動槍劍形純星煌式武裝生命泉源，奧菲莉亞則啟動純星煌式武裝《霸潰血鐮》。兩人一就定位的瞬間。

「《王龍星武祭》半準決賽第二回合，比賽開始！」

決戰正式開打。

「空虛的內心冰冰冷冷　吞噬一切溶化混合　在黯淡無光的夜空中閃耀」

一開幕，席爾薇雅足以撼動地面的重低音頓時響徹舞臺。四周的萬應素跟著晃動，形成漩渦。

「漆黑的星光　吸引一切事物接近　深深地墜落」

『出現啦！藉由歌聲控制萬物的萬能《魔女》，席爾薇雅的第一首歌！……咦，奇怪？相較於以前的曲子，這首歌的氣氛有很大的差異呢？該說特別黑暗嗎，還是有點詭異呢……』

『的確，琉奈海姆選手之前在比賽中唱的曲子，風格大多華麗又強烈。反倒是這首曲子……比較接近歌劇吧。』

和轉播員與解說員一樣，看得出觀眾也議論紛紛。

實際上，席爾薇雅幾乎沒有在戰鬥中唱過這種慢節拍又低音域的歌。問題不在擅長與否（其實席爾薇雅身為歌姬，任何音域與曲調的曲子都能唱，不限種類），純粹只是與戰場的情緒不合。席爾薇雅的能力十分纖細，一旦無法集中精神唱歌或走音，效果立刻就會減弱。當然如果有必要的話，努力就足以克服這些問題。

一如現在的席爾薇雅。

「——化為塵土。」

理所當然，奧菲莉亞不會默不作聲，讓席爾薇雅準備就緒。她的風格是不論強敵或弱者都不留情，平等而莊嚴地輾壓對手。從她腳邊冒出的瘴氣化為巨大死者的手臂，以壓扁朝席爾薇雅的氣勢當頭砸下。

席爾薇雅後退幾步躲過這一擊。但是第二隻、第三隻漆黑手臂已經從奧菲莉亞的腳邊冒出。

「白矮星來自遙遠彼端　永遠永遠　化為俘虜！」

不過在手臂即將抓住席爾薇雅的腳之前，能力先行發動。

漆黑球體出現在席爾薇雅身邊，隨即捲起奧菲莉亞的瘴氣加以吸收，然後消滅。

『那、那是什麼啊！席爾薇雅身邊突然出現的黑球，竟然吸收了奧菲莉亞的瘴氣！』

『這真是不得了，簡直像小型黑洞一樣。』

席爾薇雅搶先召喚出大約十顆，大小不一的黑色球體——她命名為虛星——布置在身邊保護自己。大顆的大約直徑一公尺，小顆的則為拳頭大。

上屆比賽的決鬥中，席爾薇雅以風結界對抗奧菲莉亞的能力。結果力量卻輸給她而苦吞敗仗。反省上次的失敗後，專門針對奧菲莉亞的招式之一就是虛星，能吸入任何事物並加以消滅。

與奧菲莉亞決鬥時，一旦陷入被動防禦，會被她毫不留情磨到力盡落敗。即使必須防禦有毒的瘴氣，但如果只用力量來防禦，之後只會白白耗光。

不過憑藉虛星的話——

「上！」

像子彈一樣，席爾薇雅發射三顆小型虛星。

同時以防禦用的虛星吸光撲向自己的巨大瘴氣手臂。

「……」

奧菲莉亞並未露出痛苦的神情，以最小的動作躲過虛星。但是在席爾薇雅的操縱下，虛星改變軌道呈弧線飛行，追著奧菲莉亞不放。其中一顆擦過她白雪般的白髮，在舞臺上削出坑洞後再度撲向奧菲莉亞。連席爾薇雅也不知道，被虛星吞噬的東西會跑到哪裡去。

接著席爾薇雅趁隙唱出下一首歌曲。

「我們會打破壁壘　在極限的彼端跨越境界　不畏懼傷口　奔跑吧　奔跑吧」

這是她強化體能的招牌歌曲。

隨著單純卻激烈的節奏，感到力量從身體深處湧現。

如果要與奧菲莉亞近身相搏，至少得達到這種程度。

「……真礙事。」

奧菲莉亞手中的《霸潰血鐮》一閃，所有圍繞在她身邊的虛星頓時被劈成兩半。

（哎呀呀……果然會這樣嗎。）

雖然能吞噬萬物，但虛星終究是透過《魔女》的能力產生。看來依然不是純星煌式武裝的對手。

「呼……」

然後奧菲莉亞無精打采地吁了一口氣，重新舉起《霸潰血鐮》。

結果在她的身邊出現了重力球。外觀與席爾薇雅的虛星類似，但這些強大重力的團塊會毫不留情壓扁直擊的物體。

數量多達——

（拜託……等一下嘛……）

見到上百顆重力球接二連三出現，席爾薇雅忍不住在心中哀號。前任使用者依蕾奈・兀兒塞絲也使用過相同招式，但她得靠妹妹普莉熙拉補給血液。想不到奧菲莉亞能不靠補給，發揮如此強大的《霸潰血鐮》能力。

「……去吧。」

宛如回敬剛才的攻擊，無數重力球瞄準席爾薇雅發射。

（哇哇哇……！）

如此一來席爾薇雅非躲避不可。既然這些重力球是靠純星煌式武裝產生，代表無法靠虛星防禦。

奔馳在舞臺上，席爾薇雅時而跳躍，時而滑壘，不停躲避豪雨般的重力球。如果剛才沒有強化體能，能否熬過這波攻勢都是未知數。

「——轉眼之間我會去找你　飛越天空與星辰　甚至飛越銀河」

同時席爾薇雅也沒有忘記唱下一首曲子。流行的風格開朗又輕快，很適合偶像席爾薇雅。

心想毫不容易躲過所有重力球的時候，席爾薇雅的身體突然被壓在地面。應該是發出紫色光芒的《霸潰血鐮》加強了附近的重力。

「既然妳要這樣的話……！深入荊棘封閉的城堡深處 不讓人再等候分毫片刻」

強如席爾薇雅，被壓在地面時也一瞬間走音。但依然勉強維持歌聲沒中斷。

（糟糕，這樣可能會產生一些失誤……現在沒時間顧及這些了！）

仔細一瞧，奧菲莉亞再度施放大量重力球，鎖定依然趴在地上的席爾薇雅。

『糟糕啦！這下子席爾薇雅豈不是無法躲避，也無法防禦嗎！』

『因為四周籠罩在強大重力的壓制下，即使勉強能活動，似乎也無法脫離效果範圍。說不定很快就會分出勝負呢。』

奧菲莉亞毫不留情一揮《霸潰血鐮》，發射所有重力球。

不過——

下一瞬間，席爾薇雅已經站在奧菲莉亞身後。

『啊!?』

『咦!?』

「……！」

像是立刻察覺她的氣息，奧菲莉亞迅速轉身，同時揮舞《霸潰血鐮》。但席爾薇雅鑽過這一擊後，以手中生命泉源的光刃橫掃。目標當然是奧菲莉亞胸前的校徽。

席爾薇雅的斬擊命中前一刻，奧菲莉亞竟以左手接住。只有星辰力無窮無盡的奧菲莉亞才能以空手防禦。

（唔！往前衝得不夠深嗎！）

即使懊悔地咬牙，席爾薇雅依然往後一跳，拉開間距。

因為瘴氣已經從奧菲莉亞腳下湧出，差點抓住席爾薇雅。

『這、這是怎麼回事!?到底發生了什麼事！席爾薇雅剛才不是還在那裡嗎……』

『難道那是……』

「……轉移空間。」

宛如接著轉播員說的話，奧菲莉亞嘀咕。

沒錯。這就是針對奧菲莉亞準備的第二招，轉移空間。簡單來說就是瞬間移動。只要是自己感覺得到的範圍，現在的席爾薇雅可以無視任何障礙物，瞬間移動至該處。剛才由於唱到一半走音，才略為偏離了原本預測的目標座標。如果沒偏的話，剛才那一擊可能已經結束了比賽。

（……不，這種想法太天真了。畢竟奧菲莉亞的反應速度快到異於常人呢。）

奧菲莉亞曾經與瞬間移動能力者決鬥過。肯定因為有經驗，她才能迅速反應。

但她的反應速度也快到離譜。

『好厲害，好厲害！竟然真的是瞬間移動！現在還有隱藏王牌，真不愧是席爾薇雅！』

『琉奈海姆選手果然不愧萬能《魔女》之名。考慮到蘭朵露芬選手是專精於毒能力的《魔女》，這場比賽堪稱萬能型對專精型《魔女》的顛峰之戰呢。』

萬能，別人的確這樣形容席爾薇雅的能力。

說她是以歌聲化為萬物的《魔女》。

正因為那一天，烏絲拉說的話深深烙印在席爾薇雅心中，才能發現這項能力。

——懂得愈多愈好。

她說得完全沒錯。

「好，那就唱下一首曲子吧。」

一邊警戒奧菲莉亞的動向，席爾薇雅深吸一口氣。

「無可取代的重要朋友　受到命運囚禁的你　我一定會救你出來」

活潑又高聲唱出來。

針對奧菲莉亞準備的三首新曲中，這是最後一首。

「不論高聳的牆壁　隱藏的門扉　堅固的牢籠」

同時這首歌包含心意的對象，也是席爾薇雅最重要的朋友。

「看我打碎吧　看我貫穿吧　賭上我的一切」

歌詞簡單又直接，說得難聽點就是單純又陳腔濫調。正因如此，效果也很簡明易見。

強化攻擊力。

右手的生命泉源光刃四周凝聚大量萬應素，亮度進一步提升。

現在的生命源泉即使破壞力不如純星煌式武裝，但也相當接近。集中如此大量的萬應素在一點上，當然會有這種結果。雖然也會劇烈消耗星辰力，但這樣就準備就緒了。

「……好討厭的歌。」

奧菲莉亞忽然難得開口，聲音中透露著焦躁。

她始終低著頭，看不到陰影之下的表情。

但是從她身上散發的氣息，彷彿與剛才有微妙的變化。

「給我滾。」

抬起頭的奧菲莉亞以犀利目光瞪著席爾薇雅，同時一揮《霸潰血鐮》。隨後出現的重力球幾乎遮住四周。

「與你攜手共度　那些懷念的往日　我會再一次找回來」

重力球直撲持續歌唱的席爾薇雅。數量雖然比剛才更多，但是準確度明顯不足。

一邊躲避一邊看準時機，席爾薇雅再度轉移到奧菲莉亞身後。

「又是同一招……」

奧菲莉亞似乎早就看穿，瘴氣手臂立刻撲上去。

當然，席爾薇雅同樣也事先預料到。她立刻再度轉移，這次來到奧菲莉亞的頭頂上。

「……！」

連奧菲莉亞的反應都慢了半拍，落下的同時席爾薇雅一劍往下劈。這一擊貫穿了星辰力的防禦，在肩膀留下不深的撕裂傷。

（好，有效……！）

意思是憑現在的生命泉源，足以突破奧菲莉亞的防禦。這樣就有充分的機會獲勝。

『噢噢噢噢噢噢噢噢噢！終於，終於！席爾薇雅第一次一擊刺傷了奧菲莉亞！』

『真是不得了！本屆大會蘭朵露芬選手是第一次受傷吧！』

「為了抓住你的手　我一定會披荊斬棘　破壞所有的障礙」

唱起第二段副歌的席爾薇雅絲毫不敢大意，以轉移空間拉開距離。

「這首歌……真的很難聽……」

奧菲莉亞說著，彷彿難以忍耐般以左手遮臉。

然後她直接產生幾十隻瘴氣手臂撲向席爾薇雅。但動作與剛才的重力球同樣單調，能輕易以虛星防禦。

（奧菲莉亞的動作果然慌亂了……？）

現在的奧菲莉亞不太對勁。

如此一來，這可是千載難逢的好機會。

席爾薇雅握住生命泉源的手暗暗使勁。

＊＊＊＊

在《星武祭》舉辦期間，Asterisk 各地街角的廣場都有大型空間視窗，實況轉播比賽畫面。亦即公開放映。

畢竟《星武祭》的門票很難買。尤其正式賽程之後的場次，票價都貴到飛天。何況本屆《王龍星武祭》號稱《星武祭》史上最熱鬧的盛會，票價現在依然持續上漲。白金門票就更不用說。若是有錢人也就罷了，一般平民除了相信奇蹟，賭運氣抽門票以外，只能看轉播節目。

但是對這名少女而言，能在 Asterisk 看轉播節目就已經夠幸福了。即使同樣是看節目，臨場感就是比在家裡看電視不一樣……大概吧。

短短幾百公尺外，席爾薇雅・琉奈海姆本人目前正在戰鬥。光是這項事實就讓少女興奮不已。即使無法進入會場，不過眾多觀光客會在這個時期來到 Asterisk。他們目前就在少女身邊，時而高舉拳頭加油，時而大罵，這些狂熱的人應該都和少女有相同的心情。

少女是席爾薇雅的粉絲。一開始受到席爾薇雅的歌聲，然後很快受到瀟灑的戰鬥身影吸引。

少女同樣是《星脈世代》，將來想進入葵恩薇兒就讀。為了事先熟悉環境，父母這次才帶她來 Asterisk 旅行。另外少女的父母同樣是席爾薇雅的粉絲，目前也在少女身邊專心為席爾薇雅加油。

（啊，席爾薇雅果然好厲害……！）

即使少女還看不懂比賽的進退攻防，依然知道席爾薇雅壓制了奧菲莉亞・蘭朵露芬。席爾薇雅有可能擊敗絕對王者，號稱史上最強的《魔女》。光是這麼想，少女就加油得更賣力。

話說剛才席爾薇雅唱的歌，真是太好聽了。

席爾薇雅唱的每一首歌，都像閃耀的星辰般美妙。不過這首新曲子似乎更強烈地傳達了她的想法。既熱情，堅毅不搖，而且率直。

——這時候，少女忽然發現。

自己斜後方站著一名身穿長袍的女性，她的身影彷彿與四周的熱情絕緣。

該名女性仰望空間視窗，同時流淚。

「請、請問……您沒事吧？」

少女聲音小心翼翼地詢問，並且遞過手帕。

原以為她和自己一樣是席爾薇雅的粉絲，感動得喜極而泣。但她的模樣有點奇怪。因為她始終面無表情，不停流淚。

「這是……？」

女性反覆看著少女，以及少女遞出的手帕，感到不解地歪著頭。

「咦？是、是因為您在哭……」

聽少女一說，女性才恍然大悟，一摸自己的臉頰。她似乎現在才發現眼淚。

「我居然會流淚……？怎麼可能，這個身體的意識應該已經完全沉睡……」

少女不知道她在說什麼，卻對長袍底下若隱若現的一大串項鍊印象特別深。項鍊的設計充滿機械感，而且有點詭異……

這時候，四周觀眾的歡呼聲迎來一波高峰。

少女的視線急忙回到空間視窗，發現比賽進度似乎有大幅進展。

等到少女再度回頭，長袍女性早已從該處消失。

＊＊＊＊

『喂喂喂！不會吧不會吧不會吧！難道真的有可能大爆冷門嗎！終於、終於終於終於終於！那位奧菲莉亞，《孤毒魔女》，史上最強的絕對王者終於要落敗了嗎！』

『面對瞬間移動，蘭朵露芬選手雖然應付得宜，卻始終陷入被動呢。既然琉奈海姆選手的攻擊能突破蘭朵露芬選手的防禦，她當然希望重整旗鼓，轉守為攻。但是始終找不到破綻。看來……可能有點危險喔。』

不用說，席爾薇雅並不打算停止攻勢，更不會讓奧菲莉亞有絲毫反擊的破綻。

她不斷反覆轉移空間，貫徹打帶跑戰術，盡可能一點一點削弱奧菲莉亞的體力。沒錯，席爾薇雅的目標就是這一點。

「呼……」

身體後仰，躲過席爾薇雅揮舞的劍尖後，奧菲莉亞深深吁了一口氣。

其實席爾薇雅的攻勢只有第一擊傷到奧菲莉亞。之後奧菲莉亞持續閃躲，但她的呼吸愈來愈急促。

迎戰《大博士》希兒姐，暴露出奧菲莉亞最大的弱點：續戰能力。以前就經常聽說，奧菲莉亞那過於強大的能力一直在侵蝕她的身體。實際上至今從未有人針對她這項弱點攻擊。因為只要奧菲莉亞轉守為攻，任何人都擋不住。連具備幾乎同等能力的希兒姐都不是她的對手。

但是奧菲莉亞現在已經方寸大亂。虛星足以應付瘴氣手臂，重力球的準度也不足。

再這樣下去，不久後席爾薇雅的光劍將會命中校徽，或是她因為自身的力量自滅。

但席爾薇雅也知道沒有這麼簡單。

「……的確……妳的命運的確很強大，我承認這一點。可是、可是……我還是很不高興。哎，為什麼……為什麼那首歌會如此擾亂我的內心……？」

奧菲莉亞．蘭朵露芬，之前她除了死心與悲嘆的表情以外，幾乎不曾出現其他情感。現在她卻瞪著席爾薇雅。

「……好，要死就大家一起死吧。」

心情不悅地咒罵後，奧菲莉亞將手中的《霸潰血鐮》插在地上。可以看出她從手中朝《霸潰血鐮》注入星辰力。

她應該要施放瘴氣巨樹林立的絕招，之前迎戰希兒妲時使用過。

（好機會……！）

席爾薇雅早就對這個良機虎視眈眈。如果要扳回目前的劣勢，奧菲莉亞肯定只能找機會使出大絕招。

不過要發動瘴氣巨樹林立的絕招，需要奧菲莉亞以自身能力加上純星煌式武裝的功率。過程中得耗費一點時間。

席爾薇雅切換生命泉源成射擊模式，瞬間施放流星鬥技。動作如行雲流水，而且比奧菲莉亞快了一步。

「唔……！」

光彈透過席爾薇雅的歌聲強化破壞力，再以流星鬥技增加威力——奧菲莉亞勉強以《霸潰血鐮》擋住。但可能無法承受所有衝擊力，《霸潰血鐮》從她手中彈飛，在空中飛舞。

「看我的……！」

完整唱完強化攻擊力的歌曲後，席爾薇雅毫不吝惜注入所剩無幾的星辰力，轉移空間。

一瞬間連續轉移前後左右等五個位置，擾亂奧菲莉亞。

「──！」

在奧菲莉亞眼中，肯定以為席爾薇雅多了好幾個分身。

然後。

「喝啊────！」

最後的轉移座標，席爾薇雅大膽選擇了奧菲莉亞面前的近身。

再度切換生命泉源至斬擊模式後，席爾薇雅使出渾身力氣，朝奧菲莉亞的胸口刺出光刃。

「……！」

上屆《王龍星武祭》決賽，席爾薇雅只差一步就能擊破奧菲莉亞的校徽。可惜只差臨門一腳，奧菲莉亞以一隻手擋住了席爾薇雅發射的光彈。

這一次奧菲莉亞雙手重疊，試圖阻擋席爾薇雅刺出的光刃。

但是生命泉源強化過的光刃，俐落地貫穿了奧菲莉亞以星辰力強化的掌心。

（我贏了……！）

席爾薇雅確信自己贏得勝利。劍刃刺得這麼深，照理說肯定刺中了後方的校徽。

──可是機械聲音卻沒有宣布席爾薇雅獲勝。

「呵呵……呵呵呵……」

奧菲莉亞露出陰沉的笑聲。

聽起來極端自虐，而且冰冷。

「真想不到……我居然還留有這一部分啊。」

從她的雙手流出的鮮紅色血液。落地後冒出泡泡，不斷溶解地面。

見到這一幕，席爾薇雅才終於明白。

自己的攻擊的確貫穿了奧菲莉亞的雙手。這一點毫無疑問。

只不過奧菲莉亞的血，甚至溶化了生命泉源的光刃。

不，還不只這樣。

不只是光刃，奧菲莉亞的毒血甚至侵蝕了生命泉源的本體。席爾薇雅急忙放手逃離，拉開距離。

「拜託，哪有這種事情啊……？又不是格倫戴爾的母親。」

格倫戴爾是古老敘事詩中登場的怪物。他的母親是水底的魔女，就像奧菲莉亞一樣具備有毒的血液。據說斬斷她首級的劍就因為她的血液而融化，如今眼前的一幕宛如內容重現。

「真是的，我的命運到底多麼——不，算了。反正多說也無益。」

不知不覺中，奧菲莉亞已經恢復平時的聲音。

聽起來既悲傷，死心又絕望。

「沒錯……結果我的人生，還是只能像這些受到詛咒的血一樣。嗯，是啊，真的好久沒有像這樣流血了。不過多虧了妳，席爾薇雅・琉奈海姆，我才想起來。」

「之前我就覺得……如果妳太小看自己，等於瞧不起之前輸給妳的人。勸妳最好別這樣。」

隨口數落奧菲莉亞的同時，席爾薇雅啟動預備的劍型煌式武裝。自己的星辰力已經所剩無幾，但幸好三首歌曲的效果都還在。

（我還能撐下去……！）

再度下定決心後，席爾薇雅舉起煌式武裝。

「我的血液是連結冥府的七道門……一旦開啟就絕無轉圜的餘地。」

反倒是奧菲莉亞看也不看被彈飛後，掉落在地上的《霸潰血鐮》。她朝腳下的血窪伸出右手，血液依然從她掌心的穿刺傷汩汩流出。但是不久後，某種全白半透明的『物體』便從傷口湧出。

『它』輕飄飄飛在空中，在奧菲莉亞四周飄盪。外型乍看之下像人類，但最接近的可能是鬼故事中出現的亡靈之類。不久亡靈們接二連三從奧菲莉亞的血窪中出現，開始在舞臺上隨意飛舞。

「這是……」

「告訴妳一件事。他們是從非常濃厚的瘴氣中誕生的亡靈。光是碰到它們，就足以立刻奪走任何事物的生命。」

「意思是……！」

奧菲莉亞平淡地回答。

「——會死。」

看來她沒開玩笑。

舞臺上來回飛舞的亡靈已經多得屬不清，但從血窪中依然接連出現新亡靈。增加的速度反而越來愈快，飛來飛去的亡靈也不斷加速。

席爾薇雅拚命以虛星防禦飛向自己的亡靈。但它們不只完全無法預測軌跡，而且數量多得離譜。

（再這樣下去……！）

「——冥府顯現。」

聲音嚴肅中帶有幾分莊嚴。奧菲莉亞一開口，亡靈頓時從血窪中爆炸般噴湧而出。

「什麼……!?竟然還會增加……!?」

眾多亡靈颳起的風暴，讓舞臺化為異世界。

席爾薇雅運用轉移空間與虛星勉強熬過，但亡靈的數量已經超出她能應付的範圍。一隻悄悄繞到席爾薇雅身後的亡靈，無聲無息穿過她的身體。

「……！」

頓時席爾薇雅感到一陣冰水澆頭的惡寒，還有自己的心臟劇烈跳動一下之後停止。緊接著意識籠罩在黑暗中，所有力量從身體流失。

緩緩倒在舞臺上的席爾薇雅，最後見到的是控制亡靈，低頭俯瞰自己的奧菲莉亞鮮紅色雙眸。

＊＊＊＊

「……噗哇！咳、咳！」

咳了好幾聲後醒來的席爾薇雅，摘下罩在自己臉上的呼吸器，同時一躍而起。

「這麼快就醒來了呢，席爾薇雅。」

身旁是鬆了口氣的佩多拉。

「這裡是……？」

席爾薇雅環顧四周，見到醫療儀器與用具。治療院的治療團隊站在佩多拉身旁，自己還躺在擔架上。看來似乎在救護車內。

「妳剛才心跳停止了，在場的醫療團隊立刻對妳施行了心肺復甦術。目前正要前往治療院進行各種檢查。」

聽佩多拉說明後，席爾薇雅大概掌握了情況。

「是嗎……我又輸啦。真可惜。」

神奇的是，瀕死體驗不怎麼可怕。在會場待命的治療院團隊都極為優秀。奧菲莉亞應該也知道，即使當場心跳停止也能立刻救回一命。

「能保住性命就該偷笑了。剛才妳倒下的時候，我差點也以為自己的心臟停了。」

「哈哈……抱歉，佩多拉小姐。剛才讓妳擔心了。」

席爾薇雅聊表歉意後，隔著遮陽帽的佩多拉露出犀利的目光，瞪著席爾薇雅的臉。

「妳聽好，席爾薇雅，以後不准再這樣。下次只要感到有生命危險，就要立刻棄權。知道嗎？」

「好啦～」

其實席爾薇雅還有很多話想說，不過今天就乖乖聽話吧。

「哎……」

見到席爾薇雅的反應，佩多拉誇張地按著太陽穴。

「不過呢……她真的很強呢。嗯，的確很強。」

說著，席爾薇雅緊緊握住拳頭。

雖然自己準備的所有策略都徹底敗給她，但還是感到不甘心。而且這還是第二次。上屆《王龍星武祭》決賽中輸給她的時候……不，這次比上一次更加懊悔。

「……噢，對了。剛才有人留言給妳呢。」

可能是不忍見到席爾薇雅垂頭喪氣，佩多拉開口安慰。

「咦？難道是綾斗同學？」

「妳的手機似乎響了好幾次，等一下再確認看看。」

「什麼嘛。是誰找我？」

「是奈托涅菲爾。」

聽到出乎意料的名字，席爾薇雅眨了眨眼睛。《舞神》奈托涅菲爾，在葵恩薇兒排名第二。之前席爾薇雅以挑戰奧菲莉亞的權利為賭注，與她在第五輪比賽交手。

她似乎對自己沒什麼好感。但她說過，會目睹自己與奧菲莉亞的比賽到最後，肯定是指這件事。

「她說『至少妳的歌聲對她的內心掀起了些許漣漪。妳可以自豪。』」

「哦……」

原本已有她會毫不留情的心理準備，真是出乎意料。

「這是她認同你的方式吧。」

「希望如此。」

席爾薇雅回答後，微微一笑。

輸了比賽很懊悔。

但絕不只懊悔而已。

席爾薇雅再度躺回擔架，輕輕閉上眼睛休息。

（──好啦，從明天開始要改忙別的事了。）

席爾薇雅能做的事情很多。

同時也有很多必須做的事。

第四章　半準決賽第三回合

——南河三巨蛋，休息室。

「呼……好不容易趕上了。」

「那當然。」

卡蜜拉與紗夜調整S模組，直到比賽前最後一刻。眼睛下方浮現黑眼圈的兩人，彼此露出無畏的笑容。

畢竟兩人從昨天，亦即沒有比賽的休息日就不斷對S模組進行最後的調校。加上紗夜還修理了第五輪比賽中受損的煌式武裝。

「總而言之，這樣應該能大幅提升S模組的穩定性。對使用者的負擔也會降低許多。」

轉動肩膀發出劈啪聲的卡蜜拉，一一取下連結核心萬應礦的各種線路。

「……再次感謝妳。憑我的話，肯定無法達到這麼高的完成度。」

為了這場《王龍星武祭》，紗夜準備了兩張王牌。其中一張王牌的製作過程中，落星工學研究會的職員，也是紗夜的父親創一曾經幫忙。不過這項S模組從設計到製作，完全由紗夜一人包辦。即使有星導館學園新設的實驗室，進度也非常十萬火急。

「這麼一來，就還清了之前欠妳的人情債吧？」

「我本來就不覺得對妳有什麼恩……如果妳可以接受的話，倒是無妨。」

「很好。」

卡蜜拉滿足地點點頭，然後將S模組的發動體交給紗夜。

「那妳好好加油吧。妳應該知道，蕾娜媞可是很強的喔？」

「當然。」

看蕾娜媞與莉姆希的比賽，老實說，紗夜能獲勝的機率相當低。應該說晉級八強的選手中，只有紗夜一人明顯屈居下風。不論她碰到任何人，都要面臨嚴苛的戰鬥。

當然她絲毫不覺得自己會輸。

「我和我父親製作的煌式武裝是無敵的。我只是要證明這一點。」

一邊將S模組的發動體纏在腰間，紗夜表示。此時剛才站在牆邊的莉姆希往前走一步，低頭致意。

「蕾娜媞就麻煩妳了，沙沙宮紗夜。那孩子還在成長中，未來可能成為天使，也可能成為惡魔。但如果她像我和阿爾第一樣，透過比賽發現某些道理的話……」

「我管不了這些。」

紗夜很乾脆地打斷莉姆希。

其實紗夜已經聽卡蜜拉說，蕾娜媞並不受艾涅絲妲的控制。甚至沒有強制停止裝置。在紗夜看來，這等於不負責任，在旁人眼中同樣是難以置信的愚蠢行為。形同放任戰鬥力凌駕各學園《始頁十二人》的自律式擬形體不管。

可是這終究是艾涅絲妲——亦即阿勒坎特的問題。與紗夜沒有關係……不過。

「不過——那小鬼的確有點太得意忘形了。如果是教訓她的話，我倒不是不能幫忙。」

說著紗夜咧嘴一笑。莉姆希的冰冷美貌略為展現笑容，再度低頭致意。

「好，時間差不多到了。」

紗夜拿起放在休息室角落的發動體，扛在身上。

發動體很沉重，是這項煌式武裝超乎尋常的證據。

「……事到如今，妳真的要直接扛著它去決鬥？」

「那還用說。」

事到如今何必還問呢。

卡蜜拉沒有見過直接啟動後的模樣，但紗夜有簡單向她解釋過概要。想到當時卡蜜拉啞口無言的表情，紗夜暗自竊笑。

「沒有這項煌式武裝，我實在贏不了那小鬼。」

「不，我當然知道這一點。我的意思是，這樣的形狀真的好嗎……算了，當我沒說。也對，這不是我該多嘴的。」

卡蜜拉放棄解釋後，微微搖了搖頭。

「那就至少稱讚妳勇氣可嘉吧，沙沙宮紗夜。我是阿勒坎特的人，或許不該這麼說，不過祝妳奮戰到底。」

「嗯。」

紗夜豎起大拇指回應後，在卡蜜拉與莉姆希的目送下，腳步從容地離開休息室。

＊＊＊＊

『哇哈哈哈哈哈哈哈哈哈哈哈！不行，笑死我啦！笑到停不下來啦！嘻！嘻嘻！快、快笑死啦！真的要笑死啦！哇哈哈哈哈哈哈哈哈哈哈！』

『拜、拜託，千歲小姐……！噗！妳、妳笑太大聲了啦！噗、哇哈哈哈哈！』

聽著解說員左近千歲與轉播員奈奈．安德森的爆笑，紗夜在舞臺上氣鼓鼓地嘟嘴。

「唔……」

『是、是沒錯了，可是她背書包耶！書包！竟然還是在《星武祭》的，《王龍星武祭》半準決賽上！而且超級適合她的！噗……！噗哈哈哈哈哈哈哈！』

的確。

紗夜目前背上的背包，乍看之下確實可能像書包。

但這當然不是書包，而是新型煌式武裝的發動體。

「話說這對轉播員與解說員真的……真的很討厭。」

回想起來，紗夜在兩年前的《鳳凰星武祭》首次登臺。當時也是這對搭檔弄錯了高等部的紗夜與中等部的綺凜。紗夜同樣感到非常不愉快，自己似乎與這兩人犯沖。

除了轉播員與解說員以外，觀眾也同樣毫不客氣地大笑。

觀眾席上充滿了笑容，看起來一點也不像半準決賽即將開始。雖然是不同會場的比賽，但不久前席爾薇雅與奧菲莉亞才打得驚天動地。聽說席爾薇雅甚至暫時停止了心跳，會場在戰慄與慌張之下靜得出奇。現在已經毫無緊張感可言。

「欸欸，為什麼大家都在笑呢？」

這時候，比賽對手蕾娜媞露出不可思議的表情接近。

想到第五輪比賽後，在壽星巨蛋曾經與她打過照面。紗夜原本以為蕾娜媞會是第一個笑出來的人。

「妳背上的東西明明非常可愛！蕾娜也想要！欸，可以給我嗎？」

「……不行。」

「欸～小氣鬼！這肯定很適合蕾娜嘛！」

見到蕾娜媞嘟起嘴，紗夜才明白剛才莉姆希說的話。

對蕾娜媞而言，當下自己的情感、心情才是最優先的。與開心的事情，喜歡的東西，討厭的人，或是理論都無關，完全隨心所欲。

根據卡蜜拉的說法，蕾娜媞在首次見面後進行的模擬戰中，開心地扯斷阿爾第的手臂。現在看來果然有道理。即使對手並非擬形體，而是人類，她也會笑著照做吧。

（原來如此……她的確是幼童。）

她並非毫無理性，而是不明白遵守理性的意義。

同時紗夜想到，眼前的少女終究是人為創造。總覺得可以隱約見到艾涅絲妲追求的理想擬形體形象。

（意思是這麼一來，一切都在艾涅絲妲・裘奈的計畫中。雖然這也讓人很不爽……）

紗夜嘆了一口氣後，對蕾娜媞開口。

「喂，小屁孩。」

「夠、了、喔！蕾娜才不是小屁孩！」

「是嗎？那就叫妳蕾娜。」

「咦……？」

紗夜坦率地改口後，蕾娜媞驚訝地睜大眼睛，看著紗夜。

「我叫沙沙宮紗夜。記住了。」

「沙沙宮紗夜？好奇怪的名字喔！」

哈哈大笑的蕾娜媞，隨即跑向就定位置。

這是當然的。

因為對蕾娜媞而言，紗夜只是微不足道的普通人。

——目前還是。

「《王龍星武祭》半準決賽第三回合，比賽開始！」

「好！開打吧！哎，喵呀呀呀呀!?」

比賽剛一開始，紗夜就啟動三十五式煌型重機關砲・古蘭瓦雷利亞。風暴般的光彈隨即傾瀉在直線往前衝的蕾娜媞身上。

然後紗夜趁隙在腰部與腳部啟動推進器元件——這是利用四十一式煌型引導曲射粒子砲・瓦倫登赫爾特改的零件。迎戰《崩彈魔女》拜歐蕾特・溫伯格時，損壞的古蘭瓦雷利亞僅更換砲身，勉強修至堪用。但是瓦倫登赫爾特改幾乎全毀，來不及修理。因此只調整推進器元件，使其與砲身分離。

「咪咪咪咪！很痛耶！搞什麼鬼啊！」

蕾娜媞以變成大劍型的可變型煌式武裝・尤多姆勒彈開光彈。卻無法完全擋下以每分鐘四千發的速度發射的光彈。即使蕾娜媞左右移動試圖閃躲，紗夜也同樣甩動古蘭瓦雷利亞追蹤她，不讓她有機會逃脫。

同時紗夜以推進器元件噴射，滑向後方拉開足夠的距離。

古蘭瓦雷利亞的攻擊雖然成功阻止蕾娜媞的腳步，卻似乎沒造成像樣的傷害。仔細一瞧，蕾娜媞全身籠罩在淡淡光芒中，接連彈開光彈。

（看過她與莉姆希比賽過後就知道了。要射穿那層皮膜裝甲，必須要有S模組。）

根據卡蜜拉的說法，蕾娜媞的核心使用了多顆並列處理的萬應精晶。雖然無法使用萬應精晶獨有的特殊能力，卻將龐大功率完全轉化成機體性能。概念簡單到無以復加。

道義上，卡蜜拉當然不能直接讓紗夜看資料。不過攻擊力、防禦力、機動力，每一項性能應該都遠遠超過紗夜。純粹就是力量強大，裝甲厚實，速度敏捷，simple is best。

透過羅伯斯遷移方式轉移至多重連結處理，堪稱她的殺手鐧——這一點即使不用問卡蜜拉，看比賽也一目了然。畢竟羅伯斯遷移方式堪稱紗夜與創一的專利技術——以此技術讓功率暴增，轉移到皮膜裝甲。可讓原本就強得離譜的防禦力，以及空手攻擊力飛躍性提升。

（光是以羅伯斯遷移方式控制萬應精晶就不可能了。可變型核心簡直是天才技術中的天才技術……）

不過與阿爾第當時一樣，似乎不能算是完美的技術。

如果這項技術成熟，一開始就使用羅伯斯遷移方式即可。不這麼做的原因可能是負載過大，或是有爆炸、失控的危險。也有可能兩者皆是。

那麼紗夜可以採取三種戰術。

第一是在轉移至羅伯斯遷移方式之前快攻，速戰速決。但如果蕾娜媞能隨意轉移的話，這一招就不現實。

第二是等她轉移後，與她打持久戰等她自滅。可是紗夜也不確定這招會成功，況且紗夜能不能撐到那一刻也是問題。

第三則是——

「硬碰硬。」

說著，紗夜啟動背上背的煌式武裝，卻一點反應都沒有。這並非武裝故障，而是原本就這樣設計。

結果就在這時候，剛才連綿不絕發射光彈的古蘭瓦雷利亞突然停止咆哮。由於煌式武裝不會耗盡子彈，應該是來不及冷卻而燒掉了。

（結果如何呢……？）

出現在滾滾煙塵瀰漫彼端的蕾娜媞——果然無傷。

「呼……咘咘！真是的，都是灰塵！」

「……想不到命中這麼多發都不行嗎？」

裝甲硬到讓人錯愕。

「終於結束了嗎？真是的，劈劈啪啪的很痛呢！不過終於輪到我攻擊啦！」

蕾娜媞嘻嘻一笑，跟著一揮尤多姆勒。煌式武裝一瞬間變型成大型槍械，發射的光彈撲向紗夜。

紗夜放下古蘭瓦雷利亞，改拿三十八式煌型榴彈砲・赫涅克萊姆。一邊躲避尤多姆勒的光彈，同時設置S模組。

「看招，轟隆轟隆轟隆！」

蕾娜媞十分開心地發射光彈，但紗夜一邊調整S模組，順便輕巧地躲避。

「嗯咪？哎呀呀？」

可能覺得光彈沒打中很不可思議，蕾娜媞歪頭疑惑。

「怎麼了，就這樣嗎？」

「唔唔唔唔！」

面對紗夜冷淡的挑釁，蕾娜媞滿臉通紅地嘟起嘴。

與毫無章法的舉動相反，蕾娜媞的射擊精準無比，而且預測了紗夜的行動。但這點程度還不算什麼。只要稍微將計就計，就能充分躲避。紗夜有一項重大優勢，就是擁有與莉姆希和拜歐蕾特這些遠程戰專家交手的經驗。何況蕾娜媞的性能在遠程戰幾乎派不上用場。

至少到目前為止。

「不會吧？為什麼打不中！真是的！到底為什麼啦？」

蕾娜媞不甘心地大叫，不過紗夜發射的光彈同樣也打不中蕾娜媞。紗夜對自己的射擊準確度也頗有自信，不過每一發射擊卻跟不上蕾娜媞的反應速度。

「沒關係，沒關係！反正蕾娜比較喜歡用劍砍！」

蕾娜媞再度讓尤多姆勒恢復成大劍，使出與剛才不一樣的左右假動作，同時縮短距離。速度快得讓人吃驚——如果讓她切入懷中，紗夜就無計可施。

不過紗夜啟動所有推進器元件，一瞬間重新拉開距離。

「嗚喵!?」

「唔……！」

急遽加速壓迫身體，但紗夜只能忍受。至少比與蕾娜媞打近戰好上一億倍。

『哇！沙沙宮選手以驚人的急遽加速甩開了蕾娜媞選手！』

『哦，那些推進器元件的功率真是驚人。而且她運用得很得心應手。原本的速度肯定贏不了蕾娜媞選手，沙沙宮選手的選擇很不錯。』

『原來如此，蕾娜媞選手的機動力畢竟是本屆大會最頂級的呢！嗯？但是這麼一來，所有腳程不快的選手都用那套元件就好啦！大發明耶！』

『沒有啦，奈奈，哪有這麼簡單。普通選手要是模仿她，一下子就會摔跤撞到頭。雖然《華焰魔女》也使用過類似的能力，但可能因為她是《魔女》，或是能力本身有各種麻煩的調整修正。看起來沙沙宮選手是以腳上的元件超加速，同時以腰部元件控制姿勢與反作用力，維持平衡。這應該需要非常纖細的煌式武裝調整技術。』

不愧是前任阿勒坎特學生會長，左近千歲。雖然不太喜歡她，但她的眼光與鑑識似乎沒話說。

實際上在本屆大會參賽者中，只有煌式武裝的運用技術這一項，紗夜能自信地說自己最厲害。雖然紗夜比不上專門設計、製作、知識與調整技術等方面的阿勒坎特頂級科研員。但是包含這些基礎，在實戰中運用煌式武裝的技術，紗夜敢說自己是Asterisk第一。

「哼、哼！要比捉迷藏，蕾娜也很擅長！」

蕾娜媞並不氣餒，直線追上紗夜。

推進器已經以最大功率噴射，蕾娜媞的速度卻更快。

「看招！抓到妳了……」

「——爆破。」

不過直線衝向自己的動作，對紗夜而言就像活靶子。紗夜引誘蕾娜媞到超近距離，才扣下赫涅克萊姆的扳機。結果準確直擊，引發大爆炸。

「嗚喵！」

被衝擊波轟飛的蕾娜媞，嬌小的身軀依然在空中翻滾，漂亮地著地。更讓人驚訝的是，她身上完全無傷。

（拜託，連配備S模組的赫涅克萊姆光彈直接命中，都毫髮無傷啊。）

「嗚喵！蕾娜討厭妳！總覺得打起來好難受！」

「紗夜。」

面對不悅地瞪著自己的蕾娜娖，紗夜再度提醒。

「我叫沙沙宮紗夜。」

「嗂！」

即使鼓起臉頰，蕾娜娖依然將尤多姆勒變形成槍型煌式武裝。

＊＊＊＊

南河三巨蛋，星導館學園特別觀戰室。

「呵呵，紗夜也真厲害。能和新型擬形體打得平分秋色呢。」

從容地觀看比賽，面露笑容的克勞蒂雅佩服地開口。

「……暫時是吧。」

另一方面，坐在一旁的綾斗只能這樣回答。

在天狼星巨蛋比賽結束後，為了幫紗夜加油，綾斗與剛才觀戰的克勞蒂雅來到南河三巨蛋。原本想幫席爾薇雅的比賽加油。但是在處理獲勝者採訪等事情時，比賽已經開始，所以未能如願。聽說席爾薇雅一時之間停止心跳，綾斗驚訝得啞口無言。後來又聽說她立刻接受心肺復甦術，目前正在治療院接受檢查。剛才她本人還簡短來電過，因此那邊可以暫時放心。

不過紗夜的比賽——

「哎呀，你的話中有話呢。」

「克勞蒂雅妳也看得出來吧？紗夜目前的確略占優勢，但是無法持續太久。」

「嗯……是沒錯。」

對於綾斗的意見，克勞蒂雅面露苦笑，微微點頭。

蕾娜媞很強。純論性能的話，堪比綾斗、武曉彗與魏嶽等人。防禦力則超越黑騎士，應該是本屆大會最強的（不過黑騎士的能力連衝擊波都能隔絕，這一點有差）。考慮到那是運用萬應精晶的功率，即使是《黑爐魔劍》應該也無法輕易破壞她的皮膜裝甲。

為何紗夜還能保持優勢，完全是因為蕾娜媞目前的戰鬥毫無策略。

與莉姆希交手時也一樣。除了雙方皆為擬形體才會有的運算戰鬥以外，蕾娜媞的行動幾乎都是走一步算一步。她完全靠當下想到的方法戰鬥。

換句話說，她從一開始就沒有戰略可言。但她在預賽光靠基本性能就技壓群雄。連面對莉姆希時，直到最後還處於劣勢的她，依然靠性能逆轉勝。

相較之下，這次紗夜從攻防策略就想盡辦法，不讓蕾娜媞發揮所有性能。這該歸功於紗夜的戰鬥經驗與準備周全。問題是蕾娜媞的學習能力很強。

相同攻擊對艾涅絲妲的自律式擬形體無效。既然蕾娜媞是阿爾第與莉姆希的後繼機種，應該也是這樣。目前也看得出她逐漸適應紗夜的攻擊，一點一點削減紗夜的攻擊模式。

「而且蕾娜媞還藏有殺手鐗。」

紗夜可能也一直提防她在迎戰莉姆希時，最後使出的異常高功率。紗夜究竟能不能應付呢。

「不過說到殺手鐗，紗夜應該也有尚未使用的新型煌式武裝吧？就是……呵呵！哎，抱歉。不就是她背上很可愛的背包元件嗎？」

說到一半，克勞蒂忍不住摀著嘴，但綾斗完全沒有開口。

實際上，紗夜現在的模樣讓綾斗忍不住想起念小學的她。即使紗夜最近感覺成熟許多，但是背上的背包帶給人的衝擊力太強烈了。

這件事情姑且不提。

「應該吧……不過我對那項武裝也不太了解詳情。」

綾斗知道紗夜早就針對本屆《王龍星武祭》準備了新型煌式武裝。卻不知道究竟是什麼。

——這時候空間視窗忽然開啟，機械聲音告知有訪客來臨。

「哎呀，這個時間竟然有訪客……究竟是哪一位呢。」

一般而言，沒有預約的話，根本不可能在比賽中拜訪選手所屬學園的特別觀戰室。這時候肯定在為自家選手加油，因此是非常失禮的行為。雷渥夫那群流氓有可能這麼粗魯——不過如此心想的克勞蒂雅一看空間視窗，畫面顯示的訪客卻出乎意料。

綾斗與克勞蒂雅互望一眼，彼此點頭後開門。

「——不好意思。」

「抱、抱歉在觀戰中打擾兩位……」

來者是表情有些落寞的金髮少年，以及明顯過意不去的綠髮少女。

「不會，沒關係。那麼……嘉萊多瓦思的學生會長有什麼事情嗎？」

面露微笑的克勞蒂雅迎接來訪的兩人。

「首先為我們的失禮道歉。原本想先聯絡兩位，但是不太方便透過手機的一般管道。」

「……原來如此。」

克勞蒂雅的笑容微妙地產生質變。

意思是這件事情必須保密。

「那麼兩位請進吧。到裡面再談。」

說著克勞蒂雅邀請兩人進入。幾乎就在同時，觀眾席傳出盛大的歡呼聲。

＊＊＊＊

『——沙沙宮選手！以毫釐之差躲過蕾娜媞選手的攻擊！哎呀～真是千鈞一髮呢！』

（唔～戰況愈來愈嚴苛了嗎……）

從不久之前的交鋒中，紗夜就知道自己正逐漸失去退路。

「喵呵呵！蕾娜終於發揮實力囉！」

蕾娜媞逼近的速度連眼睛都很難追上。紗夜開啟推進器的全部閥門噴射，一邊後退同時連續發射光彈。

但蕾娜媞以從容的表情躲過後，手持巨大長槍從上段砸下來。紗夜瞬間改變腰間推進器的噴射角度，讓身體旋轉後以些微差距躲過這一擊。但蕾娜媞直接以插在地上的長槍為軸，跳到紗夜身後。

「唔……！」

「看招！」

紗夜立刻彎下腰，光刃隨即掃過頭頂。壓抑雞皮疙瘩直豎的惡寒，同時紗夜以推進器噴射脫離現場。

老實說，剛才能躲過純粹靠直覺。

『各位觀眾，和剛才不一樣，蕾娜媞選手逐漸讓沙沙宮選手左支右絀了！』

『相較於比賽剛開始，蕾娜媞選手的動作簡直判若兩人……不，判若兩體？算了，無妨，總之完全不一樣呢。』

「嘿嘿，難道她們在稱讚蕾娜嗎？蕾娜受到稱讚了嗎？」

蕾娜媞停下攻勢，露出難為情的表情抓抓頭。

紗夜趁機讓赫涅克萊姆恢復成發動體，然後啟動三十九式煌型光線砲・沃夫朵拉。因為赫涅克萊姆已經對蕾娜媞完全無效。

蕾娜媞的學習速度與阿爾第、莉姆希差不多，但有根本上的差異。阿爾第他們可能事先設置了當作基準的基礎資料（例如近身戰鬥時身體該如何活動，或是射擊資料）。然後透過實戰累加學習到的經驗資訊。

而蕾娜媞甚至沒有設置這種基礎資料——不，從她透過運算戰鬥的動作來看，其實是有資料的。或許只是她刻意不使用而已。總而言之，艾涅絲妲似乎真的打算從頭培養她這具擬形體。

因此蕾娜媞的動作毫無章法，雜亂無章，難以預測。

（而且她的動作愈來愈洗練，才會疲於應付。）

心中如此嘀咕的同時，紗夜在沃夫朵拉安裝S模組，然後舉起。

「哦！好厲害，好厲害！又是不同的煌式武裝耶！」

「……掃射！」

「哇哇哇！」

藉由S模組強行激發突破極限的功率，沃夫朵拉的光線筆直橫掃整座舞臺。

蕾娜媞縱身往空中一跳，躲過這一掃。但紗夜硬是抬起砲身，瞄準空中的蕾娜媞。由於她沒有飛行元件，照理說在空中無法躲避。

不過。

「喵呼！上吧！」

「！」

蕾娜媞卻讓尤多姆勒變形成大口徑槍型煌式武裝。藉由朝背後發射的反作用力，衝向紗夜。

與光束擦身而過的蕾娜媞使出飛踢，紗夜急忙以砲身防禦。

「嗚……！」

即使躲過直擊，衝擊力依然讓紗夜像在水面彈跳的石頭一樣飛出去。在地面上撞了兩三次的紗夜，直到第四次才勉強起身，但蕾娜媞的追擊已經逼近。

「還沒完呢！」

她手中的尤多姆勒已經變形成大劍，眼看就要劈下來。

「嘖……！」

紗夜僅回收S模組，為了盡可能減輕重量而丟出沃夫朵拉，然後推進器全開躲避。由於急遽加速，導致紗夜胸口傳來悶痛。剛才那一腳多半踹斷了幾根肋骨。第五輪比賽受到的傷口似乎又裂開，血滲出了制服。

沃夫朵拉代替紗夜被光刃一刀兩斷，產生遮蔽視線的爆炸。紗夜趁機極力拉開距離，改為啟動三十四式波動重砲・阿克范德斯改。這場總體戰宛如動用了紗夜所有的煌式武裝。

「哇～！還有不同的煌式武裝啊！真是厲害！」

一揮尤多姆勒，撥開爆炎後出現的蕾娜媞，天真地表達佩服。
她的動作看起來依然隨心所欲，但紗夜卻再度感到恐懼。
目前蕾娜媞即使憑自己的想法活動，卻依然透過學習，針對紗夜的行動採取最適合的反應。這並非矛盾，而是融合。她的動作不是基於既有的資料，而是從頭累積才做得到。
換句話說——不論面對任何對手，蕾娜媞這具擬形體都會在比賽中成長成對手的天敵。
（艾涅絲妲・裘奈……真是不得了的天才耶。）
紗夜明白她的概念。但正常情況下要實踐這一點，可能會在學習過程中來不及成長就先落敗。正因如此，她才不惜放棄萬應精晶的特殊能力，提升基本性能做為對策吧。
「好！那麼蕾娜也該拿出真本事啦！」
蕾娜媞一喊，隨即丟下尤多姆勒，右拳在左手掌一拍。
「什麼……!?」
隨後她的眼眸從藍色變成金色，籠罩全身的皮膜裝甲頓時亮度陡增。
「……照理來說，殺手鐧不是最後才使用的嗎？」
沒想到她在壓倒性優勢的情況下，要切換至羅伯斯遷移方式。紗夜忍不住嘀咕。
「咦？可是蕾娜現在情況非常好，順勢痛快地打一場不是比較舒服嗎！」

蕾娜媞自豪地挺起胸膛，伸出食指搓了搓人中，顯得得意洋洋。

「……是嗎？」

既然如此就沒辦法了。比賽開始已經過了十分鐘。

那應該還差一點。

紗夜再度下定決心，舉起阿克范德斯改。

「呢嘻嘻嘻嘻！好！卯足全力打一場吧！卯足全力！」

話音剛落地，蕾娜媞便在舞臺上奔跑，一口氣縮短間距。

幸好即使在這種狀態下，她的速度與之前沒變。即使很驚險，紗夜依然勉強應對。

（畢竟如此大的功率要是轉換成機動力，多半會立刻解體。）

「轟轟！」

阿克范德斯改的砲口發射光芒洪流，迎擊蕾娜媞——可是。

「嘿嘿！看招！」

蕾娜媞將能量集中在右手，然後一閃。隨即將光芒洪流劈成兩半。

「嗯，我知道。」

之前與莉姆希比賽時，蕾娜媞就用相同手法躲過攻擊。

所以紗夜持續以阿克范德斯改轟蕾娜媞，同時再度以推進器飛快拉開距離。

「喵！又跑走了！……噢，對了！」

逃過光芒洪流後，蕾娜媞原本要立刻追上紗夜。但似乎改變了主意而停下腳步。

「現在的蕾娜還可以這麼做呢！」

說著，蕾娜媞舉起右手。只見能量集中在她的掌心，產生小型光彈。

「嘿喲！」

「——！」

然後蕾娜媞使勁一丟，光彈隨即化為超速球直撲紗夜。

紗夜嘗試以阿克范德斯改迎擊，蕾娜媞的光彈卻輕易沖散了光芒洪流，命中砲口——紗夜立刻拋下武裝，卻被爆炸炸飛。

「嗚……！」

想不到那麼小顆的光彈，卻比配備了S模組的阿克范德斯改更強。

「看招看招，我要繼續丟囉！」

這次蕾娜媞同時產生五顆光彈，一股腦丟過來。

紗夜發揮最大限度的推進器機動力，在舞臺上滑行移動，同時勉強躲過。但每一顆光彈落地都炸出一個大坑，揚起塵埃。

（這麼說來……）

一如紗夜的預料，蕾娜媞以塵埃代替煙霧，縮短距離。

「喵呼呼！這次肯定打敗妳啦！」

「……這是我要說的話。」

紗夜以最小的動作，躲避衝出塵土現身的蕾娜媞使出的攻擊。即使無法完全躲開，左手還是留下了撕裂傷。但只要預判她會衝過來，紗夜就能付出這點犧牲應付她的攻擊。

「──四十二式煌型打樁式粒子砲・阿雷斯布林加。」

然後紗夜舉起早已啟動的新煌式武裝砲口，對準蕾娜媞的側腹。

「接招吧！天霧辰明流沙沙宮式砲劍術──『肆祁蜂・爆碎』！」

「喵呀!?」

武裝迸發眩目的閃光，伴隨轟鳴聲爆炸。

蕾娜媞的嬌小身軀被一砲轟飛，倒臥在舞臺上。

這是第四輪比賽中，粉碎《雙頭鷲王》卡提斯・萊特的煌式武裝。擁有超高火力與超短射程，專門為近戰設計，而且這次還加了S模組。

就算蕾娜媞再怎麼強──

「呼～嚇我一跳～」

可是蕾娜媞輕易粉碎了紗夜樂觀的推測。

輕巧起身的蕾娜媞，果然還是毫髮無傷。

「……」

連紗夜都啞口無言，一瞬間呆站在原地。

「喵呼！有機可乘！」

「糟糕……！」

蕾娜媞當然不會放過機會，一口氣衝進紗夜的間距內。

紗夜試圖以右手的阿雷斯布林加迎擊。但蕾娜媞的小手已經搶先一步抓住砲口，然後直接捏壞。

「這樣就結束啦！」

「！」

蕾娜媞的右手即將劈向紗夜校徽的一剎那──紗夜扣下阿雷斯布林加的扳機。在砲口遭到破壞的情況下扣扳機，結果很明顯──當場爆炸。

「哇啊──！」

「喵哇！」

高功率煌式武裝在超近距離爆炸，炸飛了紗夜與蕾娜媞。

「嗚、唔……！」

爆炸威力遠非剛才遭到破壞的阿克范德斯改能比。阿克范德斯改只是單純毀損，阿雷斯布林加卻是強大能量無處釋放而爆炸。蕾娜媞在皮膜裝甲的保護下沒有大礙，但是搖晃站起來的紗夜已經滿身瘡痍。

距離最近，遭到炸傷的右手已經傷痕累累。腰間與雙腳的推進器元件也完全報銷。如果來不及以星辰力防禦，甚至可能有生命危險。

「真是的，怎麼這麼亂來啊！」

果不其然，蕾娜媞似乎沒受傷，伸手拍掉飛揚的塵土。

「不過如此一來，就分出勝負了吧！哼哼，蕾娜果然比任何人——」

「還沒完。」

面對自誇勝利的蕾娜媞，紗夜斬釘截鐵地表示。

「我的校徽還沒壞，我依然站著。而我也不打算放棄。」

「……什麼啊，真不明白。因為妳的身體已經遍體鱗傷，絕對沒有勝算嘛！」

聽到蕾娜媞生氣地大喊，紗夜咧嘴一笑。

「呵呵，很難說喔？」

這時候，背上的背包終於發出尖銳的聲音，告知準備完畢。接著背包啟動輔助手臂，包覆紗夜的手臂，讓紗夜傷痕累累的右手握住小型手槍。

「妞呼呼呼呼！那是什麼呀！現在才拿這麼小的煌式武裝有什麼用？」

「妳誤會了。這不是煌式武裝，只是扳機。」

紗夜的右手已經幾乎無法使力，但還可以扣扳機。

接下來——

「看仔細吧。」

紗夜竭盡最後的力氣，縱身往高處一跳。

同時背上的背包發光，出現包住紗夜全身的巨大——巨大到無以復加的煌式武裝。

『咦……？』
『啊……？』
「欸……？」
不論轉播員、解說員與觀眾，包括蕾娜媞，當時在場的所有人……不，連全世界透過轉播收看這場比賽的人都愣住。
出現在舞臺上空的武裝，乍看之下像ＵＦＯ。呈現圓盤狀，朝向舞臺的下方開了一個大孔。
有多少人知道這個大孔是炮口呢。
「全長九十九公尺，九十九顆小型萬應礦透過羅伯斯遷移方式多重連結。這項煌式武裝要花九百九十九秒才能啟動。」
站在圓盤上的紗夜，半個身子埋在煌式武裝內，透過空間視窗看著蕾娜媞並開口。理所當然，煌式武裝太過巨大，站在上頭的紗夜看不見舞臺。
「而且只能開一砲。由於超級難控制，中途一旦出錯就會無法啟動。」
沒錯，剛才紗夜即使與蕾娜媞纏鬥，依然為了啟動這項煌式武裝而隨時留意。
一切都是為了這一刻。
「咦？咦？等、等等等等一下……！」
好不容易回神的蕾娜媞，依然露出困惑的神情環顧四周。可能在尋找能躲避的位置。

不過這是不可能的。

「沒用的。這項煌式武裝原本就設計成可以轟到舞臺的大部分範圍。」

「哪、哪有這樣的……」

蕾娜媞哭喪著臉抬頭仰望。

「仔細品嘗吧，蕾娜媞。這就是我……沙沙宮紗夜的最終兵器。」

說到這裡，紗夜以除了疼痛以外幾乎沒有其他感覺的右手扣下扳機。

「四十二式煌型殲滅級超大口徑粒子砲・諾因菲亞德服——發射。」

隨後，直徑將近二百公尺的光柱朝下轟向舞臺。

「唔喵喵喵喵喵喵！」

看得出蕾娜媞高舉雙手，發揮皮膜裝甲的所有功率試圖擋住。但隨即被光柱吞沒後身影消失。

足足放射了將近十秒後，舞臺以砂土製成的上層結構已經全部消失，露出鋼鐵的底座。

位於中心的是仰躺在地上的蕾娜媞。

諾因菲亞德服恢復成背包的發動體，紗夜輕飄飄地在蕾娜媞身旁落地。

「呃……嘻……嘻嘻……！怎麼樣……！蕾娜，完全……擋下來了……！」

即使全身四處冒火花，蕾娜媞依然強勢地微笑。

但她似乎已經沒有餘力動彈。

「嗯，真了不起。」

紗夜也坦率地稱讚她。

實際上，即使蕾娜媞承受諾因菲亞德服的直擊，受損依然不嚴重。

將所有能量轉移至皮膜裝甲，應該防禦了一定程度的傷害。

不過羅伯斯遷移方式的缺點，就是難以控制。如果太勉強就會立刻出錯，運氣好則停止機能，運氣差甚至會失控。

從蕾娜媞的胸前傳來『劈里』一聲。

「妞呵……妞呵呵呵……！好厲害……！真的好厲害……！蕾娜第一次這麼開心……！噢，對了……姊姊妳之前說過的……精采比賽……原來是這個意思啊……！」

不久後伴隨微弱清澈的聲音，蕾娜媞的校徽碎裂。

「艾涅絲妲・裘奈，校徽破損。」

「比賽結束！勝者，沙沙宮紗夜！」

宣告結果的聲音響起時，蕾娜媞露出炯炯有神的眼光仰望紗夜，開口一問。

「欸……絕對、絕對……要再和蕾娜一起玩喔？一言為定喔……？欸，好不好，沙沙宮紗夜……！」

紗夜對蕾娜媞溫柔地微笑。

「——哼，妳終於記住了嗎？」

＊＊＊＊

「哇~！輸啦！」

南河三巨蛋，阿勒坎特特別觀戰室。

比賽結果出爐的同時，艾涅絲妲張開雙臂，趴在桌子上。

「哇哈哈哈哈哈哈哈！哎呀，強如我的妹妹也不是那種離譜武器的對手呢！」

在艾涅絲妲身後，扠著手的阿爾第哈哈大笑。

「嗯，的確呢。該說真不愧是她嗎，實在有夠亂來，真的。」

即使信奉大艦巨砲主義，或是拜倒在火力至上主義之下。籠罩整座舞臺的煌式武裝依然不是一般人想得到的設計。

「卡蜜拉與莉姆希去了對面的休息室後一直沒回來，討厭！」

「畢竟她這一次幫助了沙沙宮紗夜，還是得避嫌一下吧。」

「哎呀，阿爾第你也愈來愈了解人類的微妙之處了呢。」

由於阿爾第說出這句話，艾涅絲妲再次為他的成長幅度感到驚訝。

「哇哈哈哈哈哈！我就是這麼厲害！」

「……或許等你學會謙虛才算完整吧。」

即使一臉苦笑，艾涅絲妲仍然感到相當滿足。

即使對蕾娜媞落敗感到不甘，但應該透過這場比賽，學到了更重要的事情。艾涅絲妲從現在就非常期待，蕾娜媞究竟會從零成長為什麼樣的擬形體。

「啊……你們真的是我追求的未來之光呢。」

艾涅絲妲以極小的聲音，感慨萬千地嘀咕。

這句話不是對阿爾第說，而是再一次向自己確認。

總有一天……可能在不遠的未來，人與《星脈世代》之間的橋梁將是完全自律型的擬形體。艾涅絲妲如此相信。

然後——

「那麼……這邊是見不得光的一面。」

在艾涅絲妲開啟的空間視窗中，顯示Asterisk的地圖。

地圖各處有無數小光點閃爍。

這些全都是變異戰體的位置資訊。

即使受到金枝篇同盟委託製造，她依然動了點小手腳。

「一千架全部都搬到這裡來了啊。光是送進來就已經很困難了，真虧他們做得到。」

物理上的勞力姑且不論，靠尋常手續根本不可能過關。看來不只港灣，金枝篇同盟的勢力早已遍及相關各部門的高層。

「希望別引發什麼危險的舉動……不過應該是不可能的。」

對艾涅絲妲而言，只要成品交貨完，要怎麼運用就是甲方的自由。

何況身為科學的信徒，艾涅絲妲討厭盲目信奉技術。

一個人要判斷某項技術的必要性，就必須知道技術不好的一面，否則不公平。

「我是不是也該預先做一點準備比較好？」

第五章　魔劍的繼承者

「哇，紗夜真是不得了……」

目睹比賽結果的綾斗，好不容易擠出這句話。不過在特別觀戰室一起看比賽的其他人，似乎還說不出話來。這也難怪，實際上認識紗夜最久的綾斗都如此吃驚。連克勞蒂雅也搗著嘴，啞口無言。

剩下的兩人——艾略特與諾愛兒還一臉茫然。

「……這、這也太亂來了吧……」

過了一段時間，艾略特才如此嘀咕。

綾斗也有同感。

不過那項煌式武裝堪稱大艦巨砲主義的極致，的確很有紗夜的風格。

「呃……總之恭喜您，克勞蒂雅小姐。如此四強中有三人屬於星導館。本賽季堪稱為了星導館而舉辦的《星武祭》呢，真是羨慕啊。」

略為搖搖頭後，重新振作的艾略特苦笑以對，然後望向克勞蒂雅。這似乎不是社交辭令，而是他的真心話。擔任學生會長的艾略特好像相當辛苦，才會讓他這麼說吧。

「不會，這是各位選手努力的結果。而且——」

克勞蒂雅以客套話回答後，看著步履蹣跚離去的紗夜，表情悶悶不樂。

「看紗夜的傷勢，也很難參加下一場比賽呢。」

的確，紗夜雖然獲勝，但雙手似乎都受了重傷。

而且準決賽的對手還是奧菲莉亞。即使紗夜在萬全狀態，應該也相當困難。

「那我去探望一下紗夜的情況。」

「噢，請等一下，天霧同學。」

艾略特喊住了即將起身的綾斗。

「我來此的目的與您有關。」

「我嗎……？」

艾略特會特地前來私下討論，綾斗當然會以為他要找克勞蒂雅。

「不，準確來說，是為了您的姊姊。」

「！」

一聽到這句話，綾斗頓時正襟危坐。

克勞蒂雅也立刻表情嚴肅。

「我不知道詳情，也不打算深究。但只有我與我的《聖劍》能拯救那位女性——至少有這個可能性。我是聽別人這麼說，才會來到此地。」

「《白濾魔劍》……對了！」

綾斗與克勞蒂雅恍然大悟，互望彼此。

可以只斬斷任意目標的純星煌式武裝，的確有可能去除埋藏在遙體內的《赤霞魔劍》。

「換句話說……您願意幫助綾斗的姊姊嗎？」

「只要在我能力範圍內都可以。」

「您的提議讓我們非常感激……」

有如質問艾略特的真正意圖，克勞蒂雅筆直注視他的眼神。

「可是這樣對您究竟有什麼好處呢？」

艾略特是聖嘉萊多瓦思學園的學生會長。理所當然，他的行動必須以學園的利益為最優先。幫助遙應該不至於直接危害嘉萊多瓦思，但也很難帶來好處。同樣身為學生會長，若像席爾薇雅一樣，個人目的與綾斗等人一致則另當別論。否則艾略特沒有理由提供幫助。

「我身為騎士，《聖劍》的使用者，幫助受到苦難的女性是理所當然的吧？——我很想這麼說，但兩位應該無法接受。」

艾略特苦笑著聳聳肩。

「老實說，我已經確定會從委託人手中獲益。所以請兩位別在意這一點。」

「……應該無法向您請教那位委託人是誰吧？」

「要是能開口的話，我一開始就會說了。」

聽到他的回答，這次換克勞蒂雅聳肩。她的意思應該是早就猜到是誰了。

極少有人知道遙的事情。包括追查金枝篇同盟的綾斗、克勞蒂雅、紗夜、綺凜、席爾薇雅，星獵警備隊隊長赫爾加，以及遙本人。還有克勞蒂雅的母親，負責這起事件的銀河最高經營幹部伊莎貝拉。除此之外就是治療院的陽．科貝爾院長。這些人沒必要隱瞞自己的身分。

這麼一來，就只剩下——

「好吧，這件事情先擱置。可是我還有一個問題。艾略特，您說您不清楚詳情，可是您知道要幫助的對象是什麼情況嗎？」

「聽說是《赤霞魔劍》的碎片殘留在體內。不過我不知道為何會這樣。」

艾略特謹慎地回答。

如同他剛才所說，他始終避免深入接觸議題。

「那麼您應該知道這是什麼意思吧。只要《赤霞魔劍》不啟動，這塊碎片平時就不存在。難道《白濾魔劍》也能以不存在的事物當成目標嗎？」

「這……」

對於克勞蒂雅的問題，艾略特微妙地支吾其詞。

「的確，實際上我不保證做得到。我還無法像亞涅斯特學長一樣巧妙地運用《聖劍》。只不過……委託人說，理論上並非不可能。」

「理論上？」

「委託人說……《白濾魔劍》可以只斬除任意對象。不過照理說，魔劍每次都會依照使用者的認知，重新定義對象。既然《赤霞魔劍》的碎片與那一位的體內連結，代表並非不存在，而是處於明明不存在卻實際存在的曖昧狀態。這麼一來，就有可能透過《白濾魔劍》的重新定義，強行將碎片當成目標，並且干涉。」

「透過重新定義當成目標嗎，原來如此……很有意思的想法。」

克勞蒂雅似乎能夠接受，但綾斗還是一頭霧水。

然後克勞蒂雅似乎發現，於是轉頭向綾斗說明。

「這個呢，假設以《白濾魔劍》切牛排好了。」

「……呃，《聖劍》絕對不會用來做這種事。」

可能比喻不當，艾略特露出不滿的表情舉起手。但克勞蒂雅沒有理會，繼續解釋。

「然後我們要以《白濾魔劍》，只切除火力控制不當而烤過頭的部分。可是烤過頭的狀態很模糊，會隨『使用者的認知』改變。所以《白濾魔劍》會吸收使用者的認知，確定『使用者定義烤過頭的部分』。這就是重新定義，《白濾魔劍》可以透過這種過程，只斬除特定對象。」

「換句話說……只要能讓魔劍認知到《赤霞魔劍》的碎片，即使碎片處於不存在的狀態，《白濾魔劍》也能重新定義並當成目標嗎？」

「理論上是這樣。當然，真的不存在的事物根本無從認知，所以是不可能的。但如果使用者已經知道明確存在的話，或者……」

意思是可能性並不為零嗎。

那就有嘗試的價值。何況綾斗等人也沒有其他方法。

綾斗向克勞蒂雅使眼神確認後，深深低頭向艾略特致謝。

「雖然不知道箇中原由……不過感謝您。姊姊就拜託您了。」

「……我會盡我所能。」

綾斗一聯絡後，遙便立刻來到特別觀戰室。

艾略特已經拜託過，不要在手機中提到細節，因此綾斗再次說明原委。艾略特等人最明白至聖公會議的諜報網有多縝密，不能留下任何破綻。

「……原來如此，這樣的確有可能。但是應該相當困難。」

聽完解釋後，遙立刻表示認同，然後望向站在綾斗身旁的艾略特。

「那麼艾略特同學，就拜託你囉。」

「噢，嗯，好的。」

由於遙答應得非常爽快，反而是艾略特有些畏縮。

（這一位就是天霧同學的姊姊嗎……）

根據至聖公會議的報告，她因為某些原因而在治療院沉眠了很長一段時間。以前她就讀於星導館學園，卻沒有參加正式比賽的紀錄。另外有一項不確定的情報是，她曾經帶著《黑爐魔劍》參加《蝕武祭》。包括這一次，不難想像她已經被捲入相當麻煩的重大事件中。

但是比起這些情資，艾略特對遙的劍士身分更感興趣。畢竟她可是天霧綾斗的姊姊，也是天霧辰明流的代理師傅。現在還是只有經過嚴格選拔，才能加入的星獵警備隊隊員之一。代表她的實力有赫爾加·林多瓦爾掛保證。

最重要的是，面對面無論如何都能看得出她的實力。她的尋常動作，舉手投足，一切都呈現泰然自若的自然體，卻毫無破綻。不，更接近不讓人看出是否有破綻。

（現在的我實在比不上她……）

在決鬥等場合中使用《白濾魔劍》，肯定是艾略特占有壓倒性優勢。艾略特對自己的劍技也相當自負，但他也明白，身為劍士的器量無法光靠這些來評價。

「那麼……先來試試看吧。」

艾略特從腰間的套子取出發動體，啟動《白濾魔劍》。

透明的純白劍身比亞涅斯特使用時略短。這樣的尺寸比較適合艾略特。

「請問碎片在哪裡呢？」

「唔……應該在這邊吧。」

說著，遙按住自己的右側腹。

要鎖定這片範圍略嫌草率，但她多半也很難完全鎖定位置。

「尺寸約為小指大小，對吧？」

「嗯，這似乎是能控制的最小單位。意思是只要粉碎至更小……」

「碎片就會消滅。」

艾略特接著綾斗的話開口。

用說的很簡單，實際上難上加難。要斬除不存在的事物已經是強人所難，再加上位置不明確，只有小指般大小。

可是為了從尤莉絲口中得到帕希娃的相關情報，就必須搞定這件事。不僅能盡量私下解決帕希娃的問題，進而對帕希娃與嘉萊多瓦思雙方都有利。

艾略特調整呼吸，注意力集中在《白濾魔劍》上，然後默默一揮。純白的劍身穿過遙的軀幹。

「……」

沒有感覺。

不知道純粹是劍刃沒砍到碎片，還是無法清楚認知到碎片，導致《白濾魔劍》無法鎖定目標。艾略特連原因都無從得知，只知道沒有成功。

但艾略特依然嘗試第二次，第三次。

「唔……！」

不論揮舞幾次《白濾魔劍》，結果依然沒變。

「看來……似乎很難呢。」

不久，克勞蒂雅露出微妙的表情回答。

「哥哥……」

諾愛兒也露出不安的神情，緊緊抓著艾略特的衣襬。

艾略特緊咬牙根，感到懊悔。總覺得手裡的《白濾魔劍》比平時更沉重。

「嗯，不在意沒關係，艾略特同學。我也使用過純星煌式武裝，知道這有多困難。」

關心艾略特的遙，露出體貼的笑容。但她的關心對現在的艾略特反而是壓力。

「沒、沒關係，請等一下！我再試試看……！」

身為嘉萊多瓦思的學生會長，艾略特不能就此放棄。

考慮到尤莉絲遇襲的情況，帕希娃涉足的組織肯定相當危險。一旦發生什麼事件而曝光，嘉萊多瓦思的形象難免受損。艾略特身為學生會長，肯定也會遭受究責。

但老實說，這些都不重要。即使這對認同艾略特的人過意不去，也是無可奈何。

問題在於，如果以至聖公會議為首的E＝P試圖隱瞞事件，私底下收拾帕希娃。不，他們可能已經如此行動了。

那麼艾略特該做的，就是設法在事情成定局之前，搶在至聖公會議之前找到帕希娃。

「呼……」

艾略特再度閉起眼睛，集中精神。

「喝……！」

然後伴隨氣勢，使勁一揮《白濾魔劍》。

「……」

感受到所有人目光集中——但遙依然惋惜地搖搖頭。

「怎麼會……」

到底問題在哪裡。

單純因為艾略特的能力不足，還是適合率偏低，才無法引發《白濾魔劍》的力量呢。

（難道我還是做不到嗎……？）

比方說，如果在此揮舞《白濾魔劍》的人是亞涅斯特的話——

即使知道這個假設毫無意義，艾略特依然忍不住去想。

這時候。

「你的劍——」

綾斗忽然欲言又止。

「咦？」

「噢，沒事……」

艾略特一望向綾斗，綾斗隨即轉過頭去。

「我的劍怎麼了嗎？」

綾斗原本還不好意思說。但是在艾略特的視線催促下，才不得已開口。

「呃，或許你會覺得我多管閒事……可是相較於以前和我決鬥，你似乎有點放不開。」

「我、我哪有……！」

艾略特反射性要否定綾斗的話。可是中途卻無力地搖了搖頭。

綾斗與艾略特在《鳳凰星武祭》準決賽中交手，已經是兩年多前的事。自己的劍技遠比當時更加洗練，這一點無庸置疑。

可是——

「的確……可能是這樣。」

劍術是反映內心的明鏡。如此一來，可能是現在的身分讓艾略特的劍術蒙上陰影。

自從從亞涅斯特手上繼承《白濾魔劍》與學生會長的寶座，成為排名第一，艾略特一直覺得快被重擔壓垮。要持續當《白濾魔劍》的使用者，就必須隨時保持正義。可是身為學生會長的責任，經常不允許他這麼做。要像亞涅斯特一樣巧妙地折衷，是相當困難的事情。

「可是！我為了盡可能效仿亞涅斯特學長……！」

「沒辦法。」

綾斗果斷地否定艾略特。

「沒有人能成為他。不論是我，或是你。」

艾略特當然知道。

即使知道，但依然得盡可能接近他。

「同樣，亞涅斯特同學也無法成為你。」

「咦……？」

出乎意料的一句話，讓艾略特緊盯綾斗。

自己從未思考過這件事。這是當然的，任何方面都占優的亞涅斯特，怎麼可能想特地成為艾略特。

但綾斗直接向一臉困惑的艾略特解釋。

「你的劍術天衣無縫，自由豁達又奔放。與亞涅斯特同學的劍術相比——就像表裡兩側——完全不一樣。兩者無從比較。」

說到這裡，綾斗歉疚地抓了抓臉頰。

「還有……這時候說好像不合適，但我想收回以前對你說過的話。」

「收回，是嗎？」

「以前在《鳳凰星武祭》交手時，我不是說過你的劍很輕嗎？」

「嗯……」

艾略特當然記得。那句話對他而言是完全的羞辱。可以說後來在《獅鷲星武祭》之前的一年幾個月，都為了洗刷這份屈辱。

結果艾略特等人的崔斯坦隊，在與綾斗等人的恩菲爾德隊交手前就落敗了。

「可是去年的《獅鷲星武祭》上，你將自己的劍術磨練得更輕更快。老實說，我覺得這樣的劍術也很厲害。沒錯，背負覺悟能讓劍術變強，可是放下覺悟同樣也能變強。所以我想收回那句話。」

「……原來是這樣。」

見到老實人綾斗低頭致歉，艾略特感到複雜的情感在心中澎湃。

的確是這樣。

艾略特的劍術比任何人都輕巧柔軟，而且迅疾。自己原本要努力達到極致。可是自己這麼放不開，揮出的劍又怎能談得上極致呢。

「——哈哈，真的是這樣呢。」

不知不覺中竟然作繭自縛，艾略特忍不住為自己的愚蠢笑出聲。

自己無法像亞涅斯特一樣巧妙。明明知道這一點，卻在無意識中束縛了自己。

艾略特只能盡自己能力所及。

光是承認這一點，艾略特就感受到久違的舒暢。

偶然想起前幾天，尤莉絲不經意說出的話。

『我希望你——拯救一位公主。這是騎士的本分吧？』

嗯，的確如此。

艾略特是學生會長，更是嘉萊多瓦思的騎士。

與學生會長的身分，和相關事情都無關。

如今面前有忍受痛苦的女性，沒有理由不出手相助。

──這時候，艾略特突然覺得手中的《白濾魔劍》變輕了。

「這……」

而且不只是這樣。

可以感受到《白濾魔劍》在震動，對某種事物產生反應。自己試探性地集中注意力後，發現有一股強烈的反應，以及另一股彷彿要消失的微弱反應。

強烈反應是來自綾斗腰間的套子……應該是《黑爐魔劍》。艾略特在《獅鷲星武祭》也目睹過，四色魔劍會相互反應。

那麼另一股反應就是──

艾略特如此認知的一瞬間，《白濾魔劍》隨即重新定義該事物。

（是《赤霞魔劍》……！）

一掌握到那股感覺的同時，艾略特立刻拔出《白濾魔劍》一揮。

「！」

「好快……！」

專注的一閃，看得綾斗等人屏息以對。

不用看也知道。掃過遙腹部的白刃，確實斬斷了潛藏在深處的《赤霞魔劍》碎片。

「呼……」

艾略特深深吁了一口氣，將《白濾魔劍》收回套子內。

「這樣就沒問題了。」

聽到這句話，綾斗望向遙加以確認。只見遙也面露笑容點頭。

「嗯，我也感覺到一瞬間浮現的碎片碎裂後消失……應該吧。」

「是嗎……太好了。」

綾斗放下心中的大石後，艾略特隨即轉過身去。

既然任務達成，此地便不宜久留。學生會長艾略特如果一聲不響，長時間不見蹤影，至聖公會議不知何時會發現。

「那我就先失陪了。走吧，」

「噢，嗯……！」

艾略特帶著開心地回答的諾愛兒，準備離開房間時。

「謝謝你，艾略特同學。」

遙和綾斗兩人表示，並且深深低頭致謝。

「……拜託，這是我要說的話吧。」

見到兩人的身影，艾略苦笑著小聲嘀咕。

「哥哥？」

像是聽到的諾愛兒，露出不可思議的表情看著艾略特。

「不，沒什麼。話說趕快回去吧，畢竟工作還堆積如山呢。」

說完離開特別觀戰室的艾略特，腳步輕快地彷彿變了個人。

＊＊＊＊

飛行船飄浮在黑夜中。

金枝篇同盟的三人都在船艙內。一人始終笑得深藏不露；一人板著臉彷彿厭惡世間的一切；另一人則冰冷地面無表情。

「我這邊已經搞定了。變異戰體部署完畢，檯面下的安排也搞定了八成。要說哪裡有問題，就是調整那傢伙……話說瓦爾妲，妳到底在搞什麼鬼？之前怎麼差點釋放《聖槍》了啊。」

坐在沙發上，盛氣凌人翹著腳的狄路克・艾貝爾范說完哼了一聲。站在門旁邊的瓦爾妲隨即聳了聳肩。

「帕希娃・嘉多娜的行為原理是罪惡感。挑撥罪惡感提高她對《贖罪錐角》的適合率，她才能使用《聖槍》。戰鬥能力應該也大幅提升。代價當然就是精神不穩定，容易失控。」

「這樣有什麼意義啊。變異戰體還得靠她率領才行耶？至少讓她能做出清醒的判斷。」

「……我試試看。不過時間不夠，我不敢保證。」

接著換馬迪亞斯對平淡回答的瓦爾妲提出要求。

「我倒希望妳能專注在自己的本分上。那邊要是出了差錯就完了。」

「當然，那邊已經順利搞定了。不然你以為我為何環遊世界。之後只要時間一到，他們就會自己行動。不需要我動手，憑自己的意志。」

「哼！什麼自己的意志，真虧妳敢講這種話。」

狄路克語帶嘲諷地咒罵。

緩慢受到瓦爾妲精神控制的人，不會產生自覺。他們會以為自己的行動明確出於自己的意志。當然僅限於在這些人的眼中。

「放任妳自由發揮，結果不就是『翡翠黃昏』嗎？徹頭徹尾的失敗耶。」

「當時我也才剛覺醒，所以認知不足。這一次則不一樣。」

瓦爾妲難得不悅地皺眉。

即使對這件純星煌式武裝而言，似乎也不願提及那起往事。

「難說吧。何況上次計畫的時候，妳不是也這樣大言不慚？結果卻不是這麼回事。」

「那項計畫很完美。如果沒有天霧遙，如今的世界早就變成我們希望的模樣了。」

說著，瓦爾妲對馬迪亞斯露出冰冷的視線。

「真是的，今天可是我們最後一次見面耶……不，反倒是這些爭執才像我們的特色。」

一臉苦笑的馬迪亞斯，搓了搓下巴後開口。

「總之既然已經準備萬全，就千萬不要魯莽行事。妳和奧菲莉亞小姐要是少了任何一人，計畫都無法達成。」

「事到如今，早就不需要我奮不顧身了。還是說……」

「你該不會又惹出了什麼麻煩吧？」

「嗯，沒錯，你說對了。」

即使狄路克與瓦爾妲露出要殺人的責備視線，馬迪亞斯臉上依然掛著苦笑。

「小問題罷了，只要稍微改變一下計畫就能應付。」

「別廢話了，趕快說，混蛋。」

狄路克早就知道，不論情況有多僵，這男人始終不當一回事。狄路克真的打從心底討厭這個叫馬迪亞斯．梅薩的男人。每次見面、每次開口都惹人嫌。

「有兩個問題。第一是……警備隊隊長好像決定要逮捕我。」

「啊？《星武祭》中途搞這種飛機？她還真是亂來啊。」

這次負責追查馬迪亞斯的星獵警備隊隊長，赫爾加．林多瓦爾似乎與銀河聯手。可是在大賽途中逮捕營運委員長，其他統合企業財團也不會袖手旁觀。

「她當然不會在大賽中大張旗鼓，打算私下進行吧。」

「罪名是什麼？」

「這又出乎我意料之外，似乎與作假帳有關。大概是特別背信罪或詐欺之類吧。」

「啊？」

狄路克不禁懷疑自己的耳朵。

「什麼意思啊？」

「以前我當過ＰＶＡ工業的非執行董事。我記得當時為了讓ＰＶＡ工業擠進這個國家的火箭研發計畫，曾經指示竄改經常性損益。因為那年頭ＰＶＡ的營運情況，還沒資格參與國營事業。不僅人手不足，我也需要立足點。況且……這麼說好像不太對，但這點小事不是很常見嗎？」

經常有人說，相較於舊世紀，統合企業財團控制的世界更缺乏道德倫理。特別是經濟方面的犯罪。與統合企業財團相關的案件幾乎都沒有受到起訴。

「但那都已經是超過十年的往事了。早就過了追訴時效吧？」

「我原本也這麼以為……但這裡有治外法權啊。」

「……噢，視為國外嗎？」

銀河總部位於日本，但馬提亞斯的銀河幹部充其量只是頭銜。即使他經常前往世界各國出差，基本上依然任職於六花的營運委員會總部。換句話說，不屬於日本國內，在這裡的時間不算在公訴時效內。

「不過她倒是從意想不到的地方進攻呢。老實說，這的確是盲點。」

「哼，因為銀河在幫她吧。」

原則上星獵警備隊無法取締外國的犯罪。除非有人邀請合作——再加上警備隊同意的話——才會出動。如果銀河提出要求，日本政府多半會唯唯諾諾地要求合作。

「所以你打算怎麼應付？」

像是不感興趣的瓦爾妲催促他開口。

「噢，我畢竟不能在這裡受到逮捕，所以我會早一步溜之大吉。其實我原本就這樣安排，只是提前一天而已。」

「不會對大賽造成影響嗎？」

「副委員長很優秀，他會幫我妥善安排。」

馬迪亞斯說得一派輕鬆。

營運委員會的副委員長屬於反馬迪亞斯派。馬迪亞斯如果突然失蹤，他肯定會疑惑，但勢必會調整體制，盡最大的努力將本屆大會當成自己的功勞。即使有可能受到警備隊追究，但他對內情真的一無所知，所以從他身上掌握不到線索。

「那你打算躲到哪裡去？」

「這個呢……既然機會難得，檯面下的案件就由我收尾吧。那地方對我而言也有不小的淵源。我打算獨自靜靜地觀賞《王龍星武祭》的高潮。」

「……你想親手謝幕嗎？」

明明沒有這種器量。

狄路克心裡這麼想，卻沒有開口。

「可是這樣就很難俯瞰計畫的全貌了。所以能由你統掌計畫，以及應付突發狀況嗎？」

「……我就知道。呿，雖然很麻煩，但是沒辦法。」

總不能讓瓦爾妲負責計畫。這件純星煌式武裝明明會干涉他人的精神，可是直到現在依然只會靠理論理解人類。

「那麼另一個問題是？」

這次瓦爾妲催促開口後，馬迪亞斯說得一派輕鬆。

「噢，對了。其實是埋在遙體內的《赤霞魔劍》碎片好像被去除了。我不知道她怎麼做的，但是相當厲害。」

「啊？意思是天霧綾斗在準決賽會缺席嗎？」

「這樣看來，的確有可能吧。」

綾斗受到馬迪亞斯以遙的性命為要脅，被迫參賽。如今遙沒有性命之憂，他也沒有必要繼續下去。即使晉級準決賽，可以說大滿貫就在眼前，但他肯定不會被虛名沖昏頭。

「另一場準決賽也懷疑能不能順利進行。沙沙宮紗夜好像也受了很嚴重的傷。事到如今如果兩場準決賽都不戰而勝，不就相當掃興嗎？」

但是本屆大賽的平均收視率依然超過了七十％。不僅在歷屆大賽中名列前茅，準決賽肯定會更驚人。全世界將會有許多人實況收看比賽。

「無妨，就算多少有些掃興，也不是什麼大問題。這終究只是契機與象徵罷了。」

瓦爾妲對待計畫的核心部分還是一樣消極。其實她很想立刻開始執行計畫吧。

「這就是問題啊。正因為是象徵，才必須讓更多的人看到才行。我真希望能讓世界上所有人都對奧菲莉亞小姐留下深刻印象。」

相較之下，馬迪亞斯十分堅持這一點。這既是執著，也是留戀。馬迪亞斯・梅薩這個人為了維持現狀，他需要這份恩怨情仇。即使這實在很蠢。

可是他如果不這麼做，根本無法使用《赤霞魔劍》這麼久。《赤霞魔劍》的代價是『憤怒』——會吞食憤怒情感的魔劍。憤怒需要強大的能量，而且並非取之不盡，用之不竭。會隨著時間流逝而沖淡，也會精疲力盡。

他讓魔劍吞食這麼久的憤怒，還能維持這種水平，實在非同小可。

「看你的反應，代表早就準備了方案吧？」

狄路克的立場——即使他不情願——其實偏向馬迪亞斯。他希望能在最佳狀態下進入決賽，讓全世界知道奧菲莉亞的力量。即使他不如馬迪亞斯信心堅定，但是實際上，這的確能改變世界。狄路克也希望這個爛透的封閉世界能成為象徵之地。

「好歹有想過，雖然不保證萬無一失……但是天霧綾斗是體貼的孩子，肯定會回應我們的期待。」

說著馬迪亞斯露出笑容。表情柔和到狄路克看了想吐。

「辛苦了，會長。」

最後的會議結束，狄路克回到雷渥夫的辦公室時已經接近深夜。但是祕書樫丸可羅奈還在，她似乎尚未完成工作。

「呿！妳還是一樣慢吞吞……這點工作還沒做完啊。」

「很、很抱歉，很抱歉！」

面對狄路克的斥責，可羅奈一如往常地反覆道歉。

沒理會可羅奈的狄路克一屁股坐在沙發上，手撐著臉頰開口：

「話說奧菲莉亞的情況如何了？」

「噢，這個啊！手的傷勢似乎很嚴重，但好像已經止血了。只不過……奧菲莉亞同學的毒性實在太強，我們的醫療團隊也無法長時間診斷……」

「也是。」

可羅奈並不知道，不久前奧菲莉亞就已經停止服用抑制毒素的藥物。只要一滴血滴在地上，房間就會迅速充滿毒素。如果完全沒有防護，根本無法隨便接近現在的奧菲莉亞。

「請、請問，或許是我多管閒事，但是不送治療院沒關係嗎……？」

「無妨，況且他們也不收。」

雷渥夫的醫療團隊十分優秀，但還是比治療院差一截。事實上要治療傷勢的話，送去治療院肯定比較好。可是現在的奧菲莉亞需要專門的隔離設施，治療院無法立刻準備。況且奧菲莉亞多半也不願意。她多半早已下定決心，只要能撐過剩下兩場比賽即可。

「不、不過……該說奧菲莉亞同學今天的情況，與平時不太一樣嗎……」

「啊？」

被狄路克一瞪，可羅奈頓時嚇得身體一縮，再度鞠躬道歉。

「對、對不起，很對不起！我太多管閒事了！」

「別道歉了，繼續說。妳說奧菲莉亞怎麼了？」

在狄路克催促下，可羅奈才戰戰兢兢開口。

「沒、沒有啦，這個……像是比賽之後，平常她似乎……會更加難過，但今天好像不一樣……」

「她不是一直都很鬱悶嗎？」

「是、是沒錯，不過總覺得今天……好像在生氣？」

「生氣？奧菲莉亞她？」

那女人就像悲嘆與死心斷念的化身，很難想像還保有這些人性的部分。

不過聽可羅奈這麼說，今天在半準決賽中，與席爾薇雅的對戰有些異樣。

席爾薇雅的確很強，比賽前肯定也精心準備過戰術。可是奧菲莉亞的應對卻顯得左支右絀。若是平時的她，不論瞬間移動或是任何戰術，照理說都能更巧妙地應付。

難道是停止服用才導致她不穩定，或者是——

總而言之，最好留意觀察。

「話說真虧妳能發現，難道妳對奧菲莉亞這麼感興趣？」

「咦？啊，倒也不是……噢，不，我當然覺得她很了不起！」

「哦……像妳這種膽小鬼竟然不怕奧菲莉亞。」

提到《孤毒魔女》，可是連雷渥夫的牛鬼蛇神都害怕的恐怖代名詞。不論好壞，像可羅奈這種普通人光是遠遠見到她，當場嚇跑都不意外。

「怎、怎麼不怕！她當然非常可怕啊！」

可羅奈搖了搖頭。

「不、不過……該說這是兩回事嗎……畢竟奧菲莉亞同學也是就讀同一間學園的夥伴啊。」

「啊……？」

她的回答實在太無厘頭，狄路克忍不住茫然喊了一聲。

狄路克再一次仔細盯著站在面前，糊塗遲鈍又沒用的祕書。

「妳真是奇怪的女人。」

「是、是嗎……？」

嘆了一口氣後，狄路克對可羅奈說。

「可羅奈，交給妳一項任務。代替我前往陽雪的總部一趟。從明天開始……大約一個星期左右。」

「好、好的……咦，一個星期!?這、這不就無法現場觀賞《王龍星武祭》的決賽了嗎？」

「閉嘴，趕快回房間去準備。」

「好、好的！」

狄路克霸氣地一瞪，可羅奈立刻嚇得挺直腰桿敬禮，然後落荒而逃衝出房間。

「真是的，有夠沒用的女人……」

嘴上說著，同時狄路克對自己的心血來潮大為驚訝。

決賽之後，世界將會改變吧。

自己倒是有一絲好奇，那個糊塗遲鈍又沒用的女人要如何在新世界生存。

＊＊＊＊

帕希娃・嘉多娜是在《研究所》出生並長大的其中一名造物者之子。

海格力斯計畫是透過落星工學，試圖以人工方式創造《星脈世代》。造物者之子則不一樣，原本的實驗僅靠充滿舊時代風格的基因工程技術。目標是創造出與《星脈世代》同等體能的人類。

實驗中創造許多造物者之子。帕希娃之所以特別，在於她是偶然誕生的《星脈世代》。由於《星脈世代》誕生條件尚不得而知，即使機率極低，依然有可能發生這種情況。亦即原本要靠操縱基因創造強化的普通人，結果卻誕生了強化的《星脈世代》。當然，透過這個實驗創造的造物者之子，只有帕希娃一人是《星脈世代》。

或許是這個原因，帕希娃從小就發揮超乎強人的強大能力。不論體能、智能或戰鬥直覺，每一項都是頂尖的。在模擬戰中也經常締造優秀成績。不過《研究所》的團隊指出她的唯一缺點，就是個性太過溫柔。

帕希娃曾經是造物者之子們的首領。但是另一方面，除了她以外的造物者之子都能力平平。在《研究所》，拿不出成果的受驗個體會毫不留情遭到處分。當然，《研究所》的孩子們全都是商品，不會隨便處理掉。因此不論形式為何，經常都是先賣掉。

但其中也有例外。一旦孩子的素質未達到標準，就會淪為瑕疵品，失去商品的價值。這些孩子都逃不過遭到銷毀的命運。因為這有可能損及《研究所》的品牌形象。

除了帕希娃以外的造物者之子，馬上就面臨銷毀。

於是帕希娃與團隊主任直接談判，希望拯救夥伴們。帕希娃誕生自造物者之子計畫，沒有父母與家人。只有相同遭遇的夥伴是她的一切。

出乎意料，團隊主任接受了帕希娃的要求。

但只是將主動銷毀改成被動銷毀而已。團隊主任想到，可以利用這個機會同時測試帕希娃的能力，以及訓練其他隊伍。

——知道嗎？如果在這場實戰測試中，妳們造物者之子隊伍能存活到最後，我就收回銷毀的處分。

相信團隊主任的承諾，帕希娃等人參與了在廢棄城市進行的實戰測試。參賽者包括了所有當時推動中計畫的隊伍。

結果除了帕希娃以外，無一倖存。

帕希娃依然獨自奮勇作戰。靠自己支撐前線，負責指揮，率領能力明顯遜於《星脈世代》的造物者之子們奮戰。但依然獨立難支。

其實她們很倒楣，碰到同年齡層的勞德弗，佐波，以及狄路克・艾貝爾范。勞德弗以輾壓級的力量，毫不留情除掉造物者之子。狄路克以毒辣的手段，讓眾人深陷絕望的陷阱。

之後，狄路克告訴只剩下一人，失去一切的帕希娃：

——知道為何妳的隊伍會全滅嗎？因為妳這個指揮官無能。想獨攬所有責任，代表妳缺乏人上人的器量。聽好，隊友的死都是妳的責任。如果……由我來率領妳的隊伍，就能以損失一半人的代價讓其他人活下來。

然後狄路克將模擬結果甩在帕希娃身上。即使只是模擬，但要打擊帕希娃的內心綽綽有餘。

——不過我看好妳的能力。雖然妳不夠格當領導，但以單純的武器而言還不壞。加入我的隊伍吧。由我說服研究團隊那群爛人。要對抗勞德弗那傢伙，需要妳的力量。而我可以巧妙地運用妳。

於是帕希娃成為狄路克的隊員之一。在雷渥夫買下狄路克為止，他都在狄路克手下工作。

然後——

一睜開眼睛，帕希娃發現自己在陰暗的倉庫內。

四周陳列著大量尚未啟動，毫無動靜的擬形體——變異戰體。

緊接著她感到劇烈頭痛。

同時一股作嘔的罪惡感，緊揪著帕希娃的胸口不放。

在自我厭惡與自卑感的苛責下，帕希娃甚至想自我了斷。

但是她無法這麼做。

唯一倖存者的她，不允許主動放棄生命。她必須持續贖罪，直到最後一刻。

「……醒了嗎？」

聽到聲音後帕希娃回頭，發現《瓦爾妲＝瓦歐斯》不知何時出現在該處。

面無表情注視自己的瓦爾妲，眼神中看不出任何情感。

如果自己也變成這樣的話——如此心想的帕希娃，隨即轉念一想，這只不過是逃避現實。逃避贖罪根本是不可能的事。

「嗯……看來果然需要稍微調整。」

說著，瓦爾妲伸手遮著帕希娃的額頭。

胸口的項鍊發出漆黑的光芒，某種事物隨即流入帕希瓦的腦中。

「啊……啊……」

傳來一股異樣的感覺，彷彿直接竄改腦海與情感一樣。

「哦……？原來像妳這樣的人也有願望啊。」

聽到瓦爾妲的話，帕希娃想起自己的願望。

這是在《星武祭》拚命的願望，只差一步卻無法實現的夢想。

就算在《獅鷲星武祭》奪冠，統合企業財團會實現自己的願望嗎？

「……毀掉《研究所》嗎。原來如此。」

漠不關心的瓦爾妲，僅隨口說出這句話。

對瓦爾妲而言，可能覺得無關緊要。

但是瓦爾妲對帕希娃說了這句話。或許對瓦爾妲而言只是單純的預測，沒有其他意圖。可是這句話卻大大安慰了帕希娃。

「別擔心。一旦計畫達成，都會優先拆了這座叫《研究所》的設施。」

第六章　八薙草朱莉與馬迪亞斯・梅薩

『——好、好、好厲害！連第五輪比賽都輕鬆獲勝！馬迪亞斯・梅薩選手與八薙草朱莉選手，兩人順利晉級半準決賽！』

返回的馬迪亞斯，對轉播員與歡呼聲充耳不聞。一直在開始位置等待的朱莉，面露溫暖笑容迎接。

「辛苦了，馬迪亞斯。看來又不需要我上場了呢。」

比賽開始後不久，馬迪亞斯便獨自打敗對手搭檔。所以這場比賽同樣不用朱莉登場。

應該說之前朱莉只在第三輪比賽，對手明顯衝著自己來時才出手戰鬥。對手可能誤以為朱莉專門負責後衛，但朱莉以熟練的本領打贏了兩人。之後朱莉也受到對手的警覺，對馬迪亞斯而言其實是好事。

「沒關係，前輩只要霸氣一點，袖手旁觀即可。」

一如賽前的預料，本屆《鳳凰星武祭》幾乎沒有值得兩人提高警覺的強敵參賽。看之前的比賽，也沒見到各學園的隱藏王牌或黑馬。相較於在《蝕武祭》迎戰過的《瑕面》察基爾與《墮落劍聖》荒砥了衛，晉級的對手實在太好應付了。

「話說妳的身體還不舒服吧？別想瞞過我，一看就知道了。」

「……謝謝你的關心。」

說著，朱莉歉疚地閉起眼睛。

與馬迪亞斯第一次見面時就這樣，朱莉會不時頭暈而蹲下去休息。最近頻率似乎有增加的跡象。

之前讓治療院檢查過，陽・科貝爾院長的診斷結果是『星辰力適應障礙』。這是《星脈世代》特有的疾病，一如其名，似乎是身體對星辰力產生的排斥反應。每個人的症狀都天差地遠，沒有方法治療。有人過了一段時間會完全康復，但也有人會惡化。

換句話說，目前的醫學束手無策。

最好的方法當然是別勉強她。連獲勝者採訪都由馬迪亞斯出面。隨便應付記者後回到休息室，發現學生會長已經在等待兩人。

「哎呀，兩位真是不得了。不愧是我相中的人才。」

「不敢當。」

馬迪亞斯明顯冷淡地回答，學生會長卻似乎相當開心，並未怪罪。只要有學生在任期內稱霸《星武祭》，學生會長的評價當然水漲船高。何況馬迪亞斯就是他選拔而來的，應該連這一點也算進去了。

「還有八薙草同學，聽說妳的身體不舒服……沒事吧？」

「嗯，託您的福。」

「那就好。」

學生會長始終保持微笑，眼鏡後方卻露出犀利的眼神。

「話說……我今天來這裡不為別的。有些事情想先問問兩位。」

「事情……？」

「沒錯，關於今後發展。」

學生會長煞有其事地說著，將眼鏡推回原位後開口。

「想知道如果順利稱霸《鳳凰星武祭》，之後你們有什麼打算。」

「第五輪比賽才剛結束，說這些還太早了。」

「剩下的搭檔都不是你們的對手吧？雖然嘉萊多瓦思與雷渥夫的搭檔有人使用純星煌式武裝，可能有點麻煩……不過別擔心，八葎草同學能應付吧。」

馬迪亞斯也有同感。在萬應素靜止的世界中要打贏兩人，大概得找界龍的《萬有天羅》吧。

「就算要問之後的打算……反正你也會叫我參加《獅鷲星武祭》吧？」

「那當然。今後還得讓你好好為學園爭光才行呢。」

學生會長瞪了一眼開玩笑的馬迪亞斯。

既然簽了契約，馬迪亞斯就無權拒絕。

基本上特待生的契約都是到畢業為止。但如果學園和學生雙方同意，就能延長到大學部。馬迪亞斯原本想趁實力曝光之前，悠哉地遊手好閒到大學部。不過事到如今，早點畢業反而比較好。但馬迪亞斯目前是高等部二年級，至少還得再參加一場《星武祭》，也就是明年的《獅鷲星武祭》。

當然──就算參加團體戰，馬迪亞斯會拿出多少本事，也要看當時的心情。現在因為與朱莉搭檔，馬迪亞斯才會認真迎戰。

「那麼八薙草同學，妳呢？」

「我……還不知道。等穩定之後，我想去見母親一面，然後再慢慢思考。」

朱莉如此回答後，學生會長便瞇起眼睛。

「是嗎……果然是這樣呢。嗯……」

「怎麼了嗎……？」

「──不，沒什麼。那我先失陪了。」

說完，學生會長略為揮揮手，便離開休息室。

「唔……我還以為他也會花言巧語，哄騙學姊參加團體戰呢。」

注視會長背影的馬迪亞斯表示後，朱莉苦笑著摸了摸臉頰。

「畢竟我的能力不適合團體戰。」

朱莉的能力的確不只是敵人，甚至會波及夥伴。一般情況下還可以打成五五開，但如果面對五名界龍拳士組成的隊伍，那就毫無勝算。

「……算了，無妨。話說學姊，明天是休息日，也沒有比賽。機會難得，要不要約會？」

馬迪亞斯輕佻地開口後，朱莉便露出與以前不一樣的柔和笑容答應。

「嗯，不嫌棄的話，好啊。」

盛夏的天空深邃又寬廣。

陽光晒得肌膚刺痛。不僅暑氣毫不留情，水上都市特有的高溼度也讓人難熬。

但朱莉還是選擇前往外圍居住區域的一座小公園。

「學姊，妳的身體真的沒問題嗎？」

「沒問題啦。看，我不是撐著陽傘嗎？」

手裡低溜地旋轉洋傘的朱莉面露笑容，但她依然流著汗。

唯一值得慶幸的是，吹拂過湖面的風十分涼爽。

「不過特地在這麼熱的天氣裡，選擇來這做什麼也沒有的公園。學姊也真奇怪呢。」

「沒關係啊，因為我喜歡這裡嘛。而且最近不論去哪裡都引人注目，我不太想在街上逛……」

馬迪亞斯與朱莉氣勢如虹地在《鳳凰星武祭》晉級。可能因為賽前幾乎沒有情報，經常成為媒體報導的對象。目前堪稱本屆大賽的焦點人物。

當然，《星武祭》每年都有這樣的選手出名。媒體的吹捧只是一時的，明年肯定會有不同的選手受到矚目與喝采。不過連續稱霸，甚至達成大滿貫則另當別論。

「——啊，從這裡仰望天空，果然很舒暢呢。」

收起陽傘後，朱莉露出平穩的表情開口。

不經意仰望天空的朱莉，模樣偶然吸引馬迪亞斯的目光。櫻花色秀髮，修長的睫毛，汗水留下的白皙肌膚——平時明明一直在看，但是這一瞬間，馬迪亞斯宛如時間靜止般，視線緊盯著這幅光景。

「馬迪亞斯？怎麼了嗎？」

察覺馬迪亞斯視線的朱莉，感到疑惑地略為歪頭。

「……噢，沒啦，只是覺得學姊真的很漂亮。」

「什麼……！」

眼看朱莉的臉愈來愈紅，以陽傘遮住臉試圖逃避。

「怎、怎麼突然這麼說啊……！」

她的反應還是一樣純真，看不出曾經在花街工作過。

相較於當初相遇，感覺朱莉改變了不少，而這應該是好事。不過馬迪亞斯也私下暗忖，希望今後這些可愛的部分不會改變。

（往後的打算，是嗎……）

撇開學生會長的說法，以前的馬迪亞斯從未打算過未來。雖然與他的出身環境也有關，其實是他完全不感興趣。

不過現在——

「話說學姊。」

「嗯？」

馬迪亞斯開口一喊，朱莉便從洋傘的陰影下露出半邊臉。臉上還帶有淡淡的紅暈。

「畢業之後，要不要住在一起？」

「……咦？」

結果朱莉的臉比剛才更紅，愣在原地。

「學姊？」

「呃，這個……」

過了一段時間後，朱莉好不容易開口。但她突然一臉嚴肅。

「以前我應該說過……我不知道怎麼喜歡別人。」

「因為學姊無法喜歡自己，是嗎？」

「……嗯。」

馬迪亞斯不明白這種感覺。

自己是自己，別人是別人。馬迪亞斯不認為兩者之間的聯繫，足以影響到好惡的判斷。

即使馬迪亞斯不算喜歡，也不算討厭自己，但他依然喜歡朱莉。

不過她應該有她自己的想法吧。

「只不過……或許我也有機會改變。有朝一日，我可能也覺得做自己是個好主意。沒錯，比方說在《鳳凰星武祭》奪冠的話，到時候……」

說到這裡，朱莉暫時停頓，然後略微害羞地笑著。

即使她這麼說，馬迪亞斯也知道對朱莉而言，《鳳凰星武祭》的冠軍毫無意義。朱莉想要的是母親的愛……即使不可求，也希望母親好歹能認同她。《鳳凰星武祭》的冠軍充其量只是條件而已。

「所以馬迪亞斯，能請你等一段時間後我再回答嗎？」

「……明白。不過應該很快就能聽到答覆了吧。」

馬迪亞斯笑著說，朱莉隨即有些鬧彆扭地噘起嘴。

「真是羨慕你的自信呢。」

——實際上，幾天後馬迪亞斯與朱莉毫無懸念地稱霸了《鳳凰星武祭》。

＊＊＊＊

在照進室內的陽光下醒來後，發現右手沉重。

馬迪亞斯一轉頭，見到眼前的朱莉發出平穩呼吸聲睡著的容貌。

「……」

一瞬間馬迪亞斯愣住，接著微微呼了一口氣，輕輕拔出右手以免吵醒朱莉。

不過——

「嗯……」

正好與緩緩睜開眼睛的朱莉四目相接。

「早安，學姊。」

無可奈何下馬迪亞斯開口，朱莉一臉茫然地正要回應——

「！」

然後突然睜大眼睛，慌忙鑽進被窩裡。

「早……早安啊……」

這裡是厄托納飯店的套房。昨晚就在這裡慶祝馬迪亞斯與朱莉在《鳳凰星武祭》奪冠。雖然都是讓人緊張的活動，像是問候銀河的高層人物，但幸好幫忙安排了這樣的房間。當然，朱莉原本的房間在隔壁。

「要不要泡杯咖啡？」

迅速換好衣服的馬迪亞斯一問，被窩中便傳出比剛才略大的聲音回答。

「……麻煩你了。」

不愧是Asterisk屈指可數的高級飯店，準備的並非即溶式咖啡。在馬迪亞斯操作看起來很高級的咖啡機時，知道身後的朱莉鑽出被窩前往化妝室。但他刻意沒轉

頭。

過了一會，梳妝完畢後返回的朱莉，神情略微緊張。

「請用。」

「噢，謝謝。」

接過馬迪亞斯端的咖啡後，朱莉喝了一口。

「真好喝……」

馬迪亞斯默默地坐在床邊，朱莉也輕輕坐在他身旁。

兩人都不發一語，但是可以感覺到某些事物逐漸緩和。

朱莉依偎著馬迪亞斯，將頭靠在他的肩膀上。

兩人並未做什麼，也沒有開口說什麼。但是這段時光非常舒暢。

仔細一想，昨晚可能是馬迪亞斯這輩子第一次在旁邊有人的情況下熟睡。

簡單來說，這是他有生以來頭一次獲得的安詳。

「話說回來──」

不久，馬迪亞斯忽然開口。

「學姊決定好要許什麼願了嗎？」

《星武祭》的冠軍獎品是，可以由統合企業財團實現任何一項願望。

即使是任何願望，但畢竟不是魔法，很多事情辦不到。既無法讓死人復活，也很難改變人心（雖然有時候可以靠砸錢搞定）。即使願望局限在統合企業財團辦得到的範圍內，但財團是這個世界的實質統治者。所以在現實層面內，說能實現『任何願望』並不為過。

「……馬迪亞斯你呢？」

朱莉這時反問馬迪亞斯。

即使以她而言十分難得，馬迪亞斯依然先回答。

「不，我完全還沒想。」

自己當然並非無欲無求，但是卻想不到什麼好願望。再不濟也可以許願要錢，但當然有上限。要一次領取或是分期領，金額都會不一樣，這也夠讓人傷腦筋了。

「不過聽學姊的語氣，難道學姊已經……？」

「呵呵……嗯，我決定好了。」

面露淘氣的微笑，朱莉略顯自豪地表示。

「真賊啊，獨自先偷跑。學姊什麼時候決定的？」

「前幾天。」

「哦……那究竟是什麼願望呢？」

「這個……是祕密。」

聽到冷淡的回答後，馬迪亞斯不知所措。朱莉見狀呵呵一笑。

「呵呵，騙你的啦。我開玩笑的，別露出這樣的表情嘛。」

可能是馬迪亞斯的表情特別奇怪，朱莉笑了好一會。等到笑聲終於停止後，朱莉開口。

「我的願望是──」

話才說到一半，朱莉的電話便響起。

所以馬迪亞斯不知道當時，朱莉要說的願望究竟是什麼。

而且今後永遠也不知道。

『抱歉一大早打擾妳，八雍草同學。畢竟事關重大。』

從聲音通話的空間視窗中，傳出學生會長的聲音。

「噢，好的……請問是什麼事？」

『嗯，呃，希望妳保持鎮靜聽我說……八雍草同學，聽說妳的母親已經過世了。』

這一瞬間，朱莉的神情僵住。

「咦……？」

咖啡杯從朱莉的手中滑落，黑色的汙漬在地毯上擴散。

『妳立刻回老家去吧。我已經事先幫妳辦妥離開六花的手續了。』

「這、這個，請等一下……母親她……怎麼會……？」

朱莉一臉茫然，似乎還無法接受事實。

馬迪亞斯摟著朱莉的肩膀，瞪著沒有畫面的空間視窗，同時開口。

「喂，會長。這到底是怎麼回事？可以解釋一下嗎？」

『嗯？馬迪亞斯同學也在啊……不，其實我也不清楚詳情。根據那邊的說法，只知道好像是自殺……』

「自、殺……?」

朱莉的眼神充滿了絕望。

「喂!」

『噢,呃,抱歉。總、總之詳情等妳回老家再問吧。』

「……知道了,那我也陪她一起去。」

馬迪亞斯也聽說過朱莉家裡的情況,以及她來到 Asterisk 的原委。自然不能讓她獨自回去。

『不,這個……很可惜,手續不好處理。你也知道,要離開六花必須申請……』

「拜託會長幫忙一下——!」

馬迪亞斯還要繼續開口時,朱莉輕輕碰觸他搭在肩膀上的手。

「……我沒事的,馬迪亞斯。」

她的聲音在顫抖,聽起來一點也不像沒事。

「可是,學姊……」

「感謝你的關心。不過……這是我自己的問題。」

說著,朱莉的臉上露出既非哭也非笑,曖昧不明的苦笑。

最後朱莉一個人回到老家。

可是她之後就杳無音訊。即使打手機聯絡也沒回應，日子就這樣一天天過去。

大約過了一星期後，學生會長找馬迪亞斯前往辦公室。

辦公室窗戶的另一側，隨時要下雨的烏雲籠罩了整片夏末的天空。

「你的外出申請已經核准了……所以事到如今，你還想去找她嗎？」

「那當然。」

馬迪亞斯僅簡短回答了這句話。

其實很不想在這裡浪費寶貴的時間。但是他特地找自己來這裡，肯定不是為了通知申請獲准。馬迪亞斯默默催促後，學生會長才深深嘆了口氣，手扠胸前開口。

「嗯，我不會阻止你……不過還是先勸你。其實去了也是白去。」

「……這是什麼意思？」

馬迪亞斯霸氣地瞪了他一眼。

學生會長冷汗直流，但依然斬釘截鐵地表示。

「就在昨天，銀河已經受理了八薙草同學的願望。」

「！」

「當事人可以選擇是否公開《星武祭》的奪冠願望。八薙草同學附加的條件是，可以告訴你一個人。所以你有得知的權利，要聽嗎？」

馬迪亞斯點頭後，學生會長輕咳了一聲才開口。

「──八薙草同學的願望是『改變名字、容貌與戶籍，變成別人』。」

「什麼……!?」

完全出乎意料的內容，連馬迪亞斯聽了都啞口無言。

「可能在老家發生了相當嚴重的事吧。我也沒聽過這麼奇怪的願望。」

「……你知道原因嗎？」

「這個呢……可以推知一二吧。多半與她的母親有關。」

這個無聊透頂的回答，聽得馬迪亞斯一咂舌。

自己當然能猜到這個原因。

問題在於——不，在那之前。

「要怎樣才能見到學姊？」

「不可能的。」

「……你說什麼？」

怒氣騰騰的馬迪亞斯往前跨出一步，學生會長便急忙伸出雙手大喊。

「你、你威脅我也沒用！聽好，銀河已經受理了她的願望耶？如果她的願望是變成別人，代表世界上已經不存在八薙草朱莉這個人了！你應該也明白吧！既然統合企業財團如此決定，任何人都改變不了！」

「……！」

即使聽了很火大，但的確是這樣。

至少憑面前這個人的能力，根本無力回天。

隨後馬迪亞斯轉身，衝出辦公室。

總之先前往朱莉的老家吧。雖然不認為朱莉還在那裡，但只要了解詳情，就能推測她的行動。照理說也能掌握某些線索。

如此心想，準備前往離開六花的港口時，馬迪亞斯突然停下腳步。

因為即將走出星導館學園的正門時，手機響起聲音通話的來電通知。

上頭並未顯示來電者的名字。但馬迪亞斯依然直覺認為。

「……學姊？」

『……』

對方沒有回答。

但馬迪亞斯確信。毫無疑問，就是朱莉。

『……對不起，馬迪亞斯。』

（哎——）

她的聲音小而沙啞，聽起來放棄了一切。

一聽到這聲音，馬迪亞斯就徹底明白了。

自己已經無能為力。

從天而降的雨滴，拍打在馬迪亞斯的臉頰上。

天空緩緩下起了雨。

『我……我這個人很沒用。實在太沒用了。我果然……無法讓自己隨心所欲地活著。我實在蠢到極點，又悽慘……完全就是沒用的人。』

「……是嗎？」

除了這兩個字，馬迪亞斯甚至不知該如何回答。

雨勢不算強。既不算小雨，也不足以讓整個世界籠罩在雨中，十分曖昧。

不過這場雨應該短時間不會停吧。

馬迪亞斯隱約有這種感覺。

『對不起，馬迪亞斯……真的，很對不起……』

朱莉的聲音反覆道歉數次後，便突然中斷。

自己的內心與剛才完全不一樣，逐漸變得冰冷。同時馬迪亞斯也感覺到，強烈的憤怒在心底沸騰。

馬迪亞斯以驚人的冷靜頭腦思考。

思考該對誰發洩這股怒火。

＊＊＊＊

深夜中的再開發區域。

一個人影奔跑在綿延的廢墟屋頂上。

雲層很厚，也沒有月亮。再開發區域沒有路燈，唯一的光線是遠處商業區的摩天大樓，燦爛的燈光若隱若現地映照此地。

不過該人影突然停下腳步，語帶嘲諷地開口。

「拜託，到底是誰啊，殺氣也太明顯了吧。這樣要怎麼偷襲別人呢？」

聽到對方的挑釁，馬迪亞斯便迅速從瓦礫堆後方現身。

其實是刻意散發殺氣讓對方察覺的。如果讓他直接通過此地就沒有意義了。

「啊？我還以為是哪個情報機關的肉腳，原來是我們的學生啊。記得你叫……噢，馬迪亞斯・梅薩是吧。」

人影裝模作樣地開口後，躲在風帽底下呵呵笑。

當然，沒有哪個情報員不知道自己學園的《鳳凰星武祭》冠軍長相與名字。此人的個性似乎相當扭曲，雖然這是黑社會待久的人常有的毛病。

「……話說你就是影星的朗坦那，沒錯吧？」

「呵，你說呢。」

風帽男聳了聳肩裝傻。

對方當然不會老實地回答。

「照理說我們見過一次面，但當時簡直像面對鏡子一樣。」

「不好意思，我早就忘記自己真正的容貌了。」

風帽男——朗坦那隨口一答，風帽深處跟著露出犀利的眼神。

他並未肯定，卻也沒否認。代表他早就知道馬迪亞斯已經多少調查過了。

事實上，馬迪亞斯早就徹底調查過朗坦那——影星的行動。使用的是參加《蝕武祭》的人脈。原以為自己不會再接觸這座都市的黑暗面，但那裡有許多人很了解黑社會，在這種時候就能派上用場。當然為了查明情報，馬迪亞斯幾乎花光了至今努力積攢的錢。甚至被迫再度參加那場殘酷的表演。

「所以你找我有什麼事？有事情委託影星的話，必須透過學生會才行耶。」

「不，這點小事不需要勞駕學生會長。我有些事情想問你。」

「拜託，我不知道是什麼案件，但你以為情報員會老實告訴你嗎？」

「……我想也是。」

說著，馬迪亞斯從腰間的套子取出劍型煌式武裝並啟動。

「哈哈！想來硬的嗎！膽子還真大！」

朗坦那立刻反應，往後方一跳拉開距離。

「我不管你在《鳳凰星武祭》奪冠還是怎樣，但是少給我得意忘形啊？參加比賽的選手和我們這些專門做髒事的菁英相比，從戰法上就有——」

「嗯，我當然知道。」

「什麼!?」

下一瞬間，馬迪亞斯已經繞到朗坦那身後。煌式武裝的劍刃在黑暗中一閃，斬斷了朗坦那雙手雙腳的肌腱。

「嗚哇……！」

「現在我要問你。」

馬迪亞斯目光冰冷，低頭看著倒臥在地上的朗坦那並開口。

「如果我不回答呢？」

「我就殺了你。」

「嘻嘻，好可怕喔。」

朗坦那對馬迪亞斯的回答嗤之以鼻。

「難道你以為我在開玩笑？」

「不，我當然相信。可是我就算回答你，也不保證我不會死吧？」

馬迪亞斯確認時間後，對朗坦那表示。

「你接下來不是要執行影星的任務？如果時間到了你還沒出現，夥伴就會來找你吧？聽說你們能掌握彼此的所在位置，我看看……再慢也頂多五分鐘吧。到時候或許你會得救。怎麼樣？這樣你願意爭取時間了吧？」

「……混蛋，你連這一點都算到了，才偷襲我嗎？」

朗坦那的聲音透露著驚訝與錯愕。

然後他思考了一段時間——其實不過兩三秒——之後，才語帶放棄地開口。

「好吧，就聽你的。那你想問什麼？」

「關於八薙草朱莉與她母親。」

「呵呵，我就知道。」

朗坦那僅轉頭仰望馬迪亞斯，咧嘴一笑。

「既然你為了這件事情找上我，代表已經大致猜到了吧？」

「……一開始會起疑，是參加《鳳凰星武祭》的時候。學生會長充滿自信地保證，會說服八薙草家族與她母親。前者還可以理解。根據從學姊口中聽到的說法，八薙草家族的人只不過對學姊宣洩不滿而已。只要提供更豐厚的報酬，很容易讓他們改變想法。不過──」

「沒錯，她母親卻不一樣。她母親打從心底厭惡八薙草朱莉，而且是恨到骨子裡。生下八薙草朱莉讓她後悔、恐懼得要死，並且憎恨這件事。不論怎麼哄怎麼安慰，都無法說服她。學生會長閣下也很明白這件事。」

「所以說那一天，與學姊說話的母親……」

「是我啊。如你所知，這是我的能力。」

朗坦那很乾脆地承認。

「我的複製能力與其他人的三流能力可不一樣。雖然步驟有點麻煩，但只要我想，我不只能複製目標的外表或能力，甚至包括記憶與情感。不過這對自身也會產生影響，所以我很少這麼做。」

原來如此。如果是這樣，難怪朱莉會上當。

既隔著空間視窗，朱莉也好幾年沒見到母親，當然更無法分辨。

「所以我非常明白，她母親根本無法原諒八薙草朱莉活著。朱莉在《星武祭》大顯身手，廣受世間認同，對她母親而言是難以忍受的痛苦。而且你們居然還奪冠。全世界的人都知道八薙草朱莉，各路媒體不斷吹捧。她母親當然會氣得想不開啊。」

「……！」

「等一下！話先說在前頭，我充其量只是執行任務喔？」

像是察覺到馬迪亞斯的怒氣，朗坦那補了一句。

「反正根據學生會長閣下的計畫，似乎還打算再騙一段時間。看情況可能會隱瞞她母親的死訊，找我當替身繼續騙。不過八薙草朱莉的能力很強，卻難以駕馭。何況她的星辰力適應障礙愈來愈嚴重。會長閣下認為不值得，才決定止損。這叫做CP值啊。或許會長閣下認為你一人就足夠挑大梁了。」

朗坦那十分多話。可能十分擔憂夥伴為何過了這麼久還不來吧。

「是嗎，我大概明白了。」

「等、等一下！難道你不想問其他事情嗎？大優惠，想問什麼我都可以告訴你……」

「已經夠了。話說我也告訴你一件好事吧。」

馬迪亞斯彎下身體，在朗坦那的耳邊平淡地開口。

「不論等多久，你的夥伴都不會來。不，是來不了。」

「咦……？」

像是沒有立刻明白這句話的意思，朗坦那一臉茫然地愣住。

「永別了。」

「住、助手……！你要是殺了我，學生會長閣下與銀河可不會默不作聲——」

沒等朗坦那嚷完，馬迪亞斯手中的光劍就緩緩刺進了他的心臟。

「情報員任務失敗殉職，不是很常見嗎？」

無人回答這句話。

朗坦那已經斷氣。

「況且……穿幫就穿幫吧。算了，反正這些事情通通都不重要了。」

馬迪亞斯獨自嘀咕。

抬頭一瞧，只見漆黑沉重的夜空看不到一顆星星。

明明已經成功報仇，馬迪亞斯心底熊熊燃燒的怒火卻依然沒有平息。接下來直接殺了學生會長，再除掉八薙草家族那群老傢伙。這樣會不會稍微平復一下情緒？可能沒辦法。

在抹殺八薙草朱莉這個人的真正元凶消滅為止，這股憤怒都不會平息。既不是害朱莉走投無路的八薙草家族，也不是利用朱莉的學生會長或銀河。甚至不是歧視《星脈世代》的普通人，不是阿諛奉承普通人的《星脈世代》。當然也不是象徵世界縮影的這座都市，也不是帶給朱莉無謂希望的自己（如果是的話就太輕鬆了）。

對，馬迪亞斯真正要消滅的元凶是——

「沒錯，這個結論很合情合理。」

「！」

聽到突然響起的聲音，馬迪亞斯頓時轉過身。

站在該處的是身穿西裝的中年男性。以及即使在黑夜中，銀髮依然閃亮的少年。

想不到兩人竟然能神不知鬼不覺，來到馬迪亞斯的身後。

「你們是……不，剛才那句話，難道你們……讀取了我的內心？」

「哦，觀察力真敏銳。怎麼樣，艾克納托，這人堪用吧？」

西裝男面無表情說著，看了少年一眼。

「嗯，沒錯，不愧是瓦爾姐。他是可遇不可求的人才呢。雖然以前就想過，總有一天要找人類當夥伴，想不到這麼快就能發現。」

一臉天真笑容的少年，同樣注視著西裝男。

馬迪亞斯小心翼翼地估計雙方的間距，同時直覺認為。

這兩人不是人類。以前見過界龍的《萬有天羅》時，馬迪亞斯也有類似的感覺。但是《萬有天羅》還比較接近人類。

眼前這兩人卻有根本上的不同。

「沒錯，我們不是人類。」

名叫瓦爾姐的西裝男，還是以毫無情感的聲音開口。

他的西裝下方彷彿散發著比黑暗更加深沉的漆黑光芒。

「……我不知道你們是誰，但是可以不要擅自窺視他人的內心嗎。下不為例。」

馬迪亞斯以煌式武裝的劍尖指向瓦爾妲，壓低聲音警告。

「真是不好意思。原來如此，你說得對。」

「明白。」

結果兩人相當坦率地點頭同意。

「我們沒有與你為敵的意思。不如說是夥伴……不，請當我們是以相同未來為目標的同志。」

「同志……？」

艾克納托始終面露微笑，對訝異地皺眉的馬迪亞斯張開雙臂。

「說得更準確一點——在你以怒火燒盡舊世界後，我們想開創全新的世界。」

這就是馬迪亞斯與《瓦爾妲＝瓦歐斯》，以及艾克納托的相遇。

沒錯。

馬迪亞斯的一切戰鬥，就從此刻開始。

＊＊＊＊

——《星武祭》營運委員會總部，委員長辦公室。

《星武祭》營運委員長，馬迪亞斯·梅薩隔著窗戶，眺望六花的天空。

一如遙遠的當時仰望的天空，厚重的烏雲密布，遮住了月亮與星辰。明天終於進入準決賽，但是很不巧，有可能會下雨。就像那天一樣。

當然，這點小雨不足以澆熄觀眾的熱情，以及平息馬迪亞斯的憤怒。

這也是最後一次看到這棟燈火通明的摩天樓了。

再不趕快離開此處，赫爾加率領的警備隊就會上門來逮人。

連馬迪亞斯都有點驚訝。即使長年待在這間房間，或是身為營運委員長的工作。一旦到了要放手的那一刻，自己居然毫無感慨。

到頭來，馬迪亞斯·梅薩這個人相較於那一天，一點都沒有改變。

始終是那個多愁善感又愚蠢的人，就像那天一樣。

當時的學生會長，以及八薙草家族的老傢伙早就從世上消失了。雖然不像朗坦那一樣親自動手，但是幕後推手的確是馬迪亞斯。果不其然，除掉這些人後心情也沒有好轉，反正就像做個了斷一樣。

「好，該做最後的工作了。」

馬迪亞斯一開啟辦公桌的電腦，空間視窗隨即開啟。

晉級準決賽的選手提出的棄權申請，已經提交到馬迪亞斯手上。

只要他同意，明天準決賽的第一場比賽就不會進行。

因此馬迪亞斯要拒絕申請，命令部下重新調整。

其實這種事情並不稀奇。

如果有突發狀況影響到大會舉辦，營運委員會經常會勸說參賽選手或學園。當然因為有時間限制，在期限之前只要沒有被迫改變主意，委員會也無法動用強制手段。

而且再這樣下去，可能不論怎麼勸說都白費唇舌。

「……得來點不同的方法呢。」

馬迪亞斯淺淺一笑，跟著掏出手機，撥通某個號碼。

「嗨，好久沒聯絡了。方便講兩句話嗎？」

第七章　準決賽第一回合

「——你怎麼會在這裡。」
尤莉絲的聲音冰冷又低沉，連自己都覺得驚訝。
在舞臺上與尤莉絲面對面的，不是別人。
「回答我，綾斗。」
「尤莉絲……」
另一方面，綾斗露出沉痛的表情凝視尤莉絲。
『各位觀眾！前所未有的精采《王龍星武祭》只剩下三場比賽！而且晉級準決賽的四人中，竟然有三人屬於星導館學園！而且更厲害的是，這三人都是稱霸《獅鷲星武祭》的隊友。堪稱星導館黃金時代來臨啊！』
『界龍、嘉萊多瓦思也建立過為時不短的黃金時代。星導館能不能有樣學樣，將是明年開始的關注焦點呢。』
『還有還有！各位觀眾都知道，準決賽的《叢雲》天霧綾斗選手，以及《華焰魔女》尤莉絲＝愛雷克希亞・馮・里斯妃特選手，兩位是稱霸《鳳凰星武祭》的搭檔。兩位都有可能達成史上第二位大滿貫的創舉！遭到淘汰的另一位就真的很可惜了！』

『兩位以前曾經有決鬥的紀錄，就在天霧綾斗轉學的第一天。當時並未分出勝負。不過那是超過兩年前的資料，沒什麼參考價值。總而言之，可以肯定天霧綾斗的優勢很穩——』

尤莉絲已經聽不見響徹會場的轉播與解說聲，以及盛大的歡呼聲。

這一切對現在的她而言，早已不再重要。

兩人都關掉了麥克風。不用擔心別人聽見對話的內容。

「我聽說你的姊姊已經平安脫離險境。你應該沒有理由參加這場《王龍星武祭》。」

之前尤莉絲聽艾略特說，成功去除了埋藏在遙體內的《赤霞魔劍》碎片。所以尤莉絲在見到綾斗從入場門現身前那一瞬間，都相信他會棄權。

「事到如今，我不認為大滿貫的榮耀會讓你失去理智。即便果真如此，我也沒有權利責怪你。既然你擋在我面前，我就只能打敗你。不過……至少告訴我原因吧。」

尤莉絲一瞪，綾斗的表情才略為緩和地開口。

「果然……委託人就是尤莉絲妳吧。」

「……」

尤莉絲完全沒回答。

基於保密協議，艾略特似乎沒說出委託人。不過尤莉絲早就知道，綾斗多半一下子就猜到了。畢竟知道遙身體情況的人本來就不多，很正常。

但尤莉絲依然不肯表明，是因為問心有愧。

尤莉絲當然想幫助遙。但她也不敢保證自己從未想過一旦成功，綾斗就會棄權不參賽。如果綾斗為了這件事情向尤莉絲道謝，對她而言才難以承受。

「謝謝妳，尤莉絲。有妳的幫忙，姊姊才能得救。」

可是綾斗卻低頭向自己道謝。

他的耿直只讓現在的尤莉絲感到難受。

「……能回答我的問題嗎，綾斗。」

尤莉絲盡可能避免觸及綾斗的謝意。

綾斗似乎也察覺到這一點，迅速恢復嚴肅的表情。

「在那之前，我也想問妳一個問題。依照妳的回答，我可以立刻宣布棄權。」

「你說什麼？」

「──尤莉絲，妳想殺她……殺害奧菲莉亞・蘭朵露芬，這是真的嗎？」

「！」

這句話讓尤莉絲不由得畏縮。

「你怎麼會知道……」

話說到這裡，尤莉絲急忙摀嘴，但已經太遲了。

這已經形同承認了。

「……是真的吧？」

綾斗靜靜地注視尤莉絲。

「嗯，沒錯。」

無可奈何之下，尤莉絲點頭承認。

無論尤莉絲多麼巧妙地自圓其說，綾斗都能看穿謊言吧。畢竟身為夥伴與隊友，綾斗在最近的距離看著尤莉絲超過兩年。想瞞他是不可能的。

「那我就必須阻止妳。」

「即使我有不能退讓的確實原因嗎？」

「對，沒錯。」

「……哎，我就猜到你會這麼說。」

原因弄清楚了。看來只能接受現實。

天霧綾斗就是這樣的人。

「我先問一下，這件事是誰告訴你的？」

「昨晚，《處刑刀》聯絡過我。」

「你說《處刑刀》……？」

不知道他究竟想做什麼，但是包括奧菲莉亞的事情在內，他果然是一切的幕後黑手。

當然即使如此，尤莉絲要做的事情依舊不會改變。

「尤莉絲，如果妳告訴我原因，我也可以幫妳——」

「很可惜，沒辦法。」

尤莉絲搖搖頭，拒絕了綾斗聲音中帶著悲痛的質問。

即使很感謝綾斗的體貼，但奧菲莉亞已經點名尤莉絲，就沒有他人介入的餘地。如果強行干預，就會面臨決定性的毀滅。

讓尤莉絲感到寬慰的是，最壞的危機已經解除。即使綾斗在此落敗，遙也不會失去性命。這樣就能心無旁騖地決鬥了。

失去重要對象的人，尤莉絲一個人就足夠了。

「如果你想阻止我，就拿出真本事來吧，綾斗。我會卯足全力。」

「……我正有此意。」

尤莉絲啟動煌式遠距引導武裝，綾斗則啟動《黑爐魔劍》。

頃刻之後，比賽正式宣告開始。

＊＊＊＊

昨晚，綾斗正準備就寢時，英士郎回到房間。

「呼～累死我了。」

語氣與平時無異，但他的眼睛底下有黑眼圈，臉頰還瘦了一圈。看起來相當疲倦。

「好久不見了，英士郎。你好像相當疲倦呢。」

「是啊，會長實在太會操人了，真的。不僅接二連三塞給我工作，現在連會長的媽媽都毫不留情使喚我……」

然後英士郎直接倒臥在床上。

目前英士郎的身分不是影星特務，而是直屬學生會長克勞蒂雅，以及伊莎貝拉的情報員。似乎正在四處奔走，尋找金枝篇同盟成員。畢竟是極機密任務，無法動用影星，英士郎的負擔當然會大增，這也沒辦法。

「對了，聽說遙小姐的事情有驚無險地搞定了。太好啦。」

「嗯，多謝關心。」

「那麼明天的準決賽就會取消吧。嘻嘻，全世界的《星武祭》粉絲想看你和公主直接決鬥，這下子可要大失所望了吧。」

在床上的英士郎笑得樂不可支。

「不論尤莉絲有什麼目的，我都不能妨礙她……她似乎有相當強的心理準備。」

「抱歉，如果我有餘力的話，還可以幫你調查那邊的事情……」

「沒關係，你有你的任務，不勉強。」

雖然感激他的關心，不過已經很充分了。

「總而言之，現在我也能全力追查金枝篇同盟了。應該至少也會減輕你的負擔吧。」

「謝啦，那麼棄權申請已經受理了嗎？」

「這個……雖然全權交給克勞蒂雅辦理，但好像尚未核准。」

如果棄權獲准，克勞蒂雅應該會聯絡。如今已經夜深，卻依然沒有音訊。之前有聽說過，過程似乎相當一波三折。

「反正你又不是重傷到無法參賽，何況這場比賽還是萬眾矚目。也難怪營運方會猶豫不決。若是沙沙宮的話還另當別論。」

英士郎說得沒錯，紗夜雙手的傷勢似乎相當嚴重。即使比賽後立刻在治療院接受治療，但是右手幾乎無法動彈。

綾斗還沒問她是否要參加明天的準決賽。

如果連紗夜都棄權，準決賽有可能直接取消。營運方肯定想必面這種情況。

況且如果《處刑刀》就是馬迪亞斯．梅薩，代表不惜威脅也要逼綾斗參賽的元凶，就是營運委員會的首席。因此勢必不會輕易答應棄權的申請。

「不過就算營運怎麼傷腦筋，只要我明天不去會場——」

綾斗說到這裡，放在枕頭邊的手機略為震動。

仔細一瞧，是未顯示號碼的來電。

感到訝異的綾斗接電話後，隨即開啟聲音通訊的空間視窗。熟悉的聲音落落大方地開口。

「嗨，好久沒聯絡了。方便講兩句話嗎？」

「你是……《處刑刀》！」

聽到綾斗半反射脫口說出的名字，英士郎也睜大眼睛。

「拜託，真的假的啊……！」

『恭喜你晉級準決賽。梅小路冬香應該是相當強的對手，打贏她真是不簡單。面在你似乎已經完全掌控了《黑爐魔劍》呢。』

「……你到底想怎樣，《處刑刀》。不，馬迪亞斯・梅薩。」

現在就能明顯聽出來。這聲音，這語氣，《處刑刀》與馬迪亞斯・梅薩毫無疑問是同一人。神奇的是，為什麼之前都沒有認出來。

（難道是因為少了阻礙認知的影響嗎……？）

強如《瓦爾妲＝瓦歐斯》，也無法隔著空間視窗發揮能力吧。

『嗯？你在說什麼呢？』

但是《處刑刀》──馬迪亞斯・梅薩依然直截了當地裝傻。他不可能不知道阻礙認知沒發揮作用，所以絕對是故意的。

『呵呵，算了。我只有一件事。明天的準決賽，你似乎想棄權……我希望你能重新考慮。』

「我拒絕。」

綾斗理所當然地拒絕。

「你應該早就發現了吧？《赤霞魔劍》的碎片已經從姊姊的身體去除。你的威脅沒用了。」

『是啊，當然。真是的，你們姊弟三番兩次找我的麻煩。害得我──不，馬迪亞斯‧梅薩委員長的計畫也亂成一鍋粥，現在正傷透了腦筋呢。呵呵，呵呵呵！』

說到這裡，馬迪亞斯小聲笑了笑。

「……你在開玩笑嗎？」

『不，我非常認真。畢竟你們害得馬迪亞斯‧梅薩委員長必須搶先一步躲起來啊。』

「！」

他想逃跑嗎。

綾斗早就聽說過，遙和赫爾加已經揪出馬迪亞斯‧梅薩的狐狸尾巴。但如果現在讓他逃跑，那可就雞飛蛋打了。

綾斗一使眼色，英士郎便默默點頭後衝出房間。總之現在首先得通知赫爾加她們。

『換個話題吧……你知道里斯妃特同學的悲壯決心嗎？』

「咦……？」

話題突然朝出乎意料的方向發展，聽得綾斗目瞪口呆。

「……你在說什麼？」

『她打算在《王龍星武祭》的舞臺上殺害奧菲莉亞小姐。』

「你、你說什麼……？」

『哎，真是太可悲了！雖然在《星武祭》比賽中發生的話，獲罪的可能性不高。但她如果親手了結自己朋友的生命，會在她心中留下多麼沉痛的傷痕啊！如果你還是她的朋友，就應該阻止這場悲劇的犯罪吧。』

馬迪亞斯的語氣很誇張，聽起來很假。

「……你以為我會相信你的鬼話嗎？」

『當然，信不信是你的自由。不過——最好先向她本人確認後，再做結論也不遲。』

好骯髒的手段。

就算現在以手機聯絡尤莉絲，她肯定也不會接。要確認真假，只能前往會場。

『無論如何，要棄權的話等確認之後也不遲。否則你就會失去阻止她的機會。』

「唔……！」

綾斗緊咬嘴唇。

雖然不甘心，但馬迪亞斯說得沒錯。至少如此一來，綾斗就無法棄權。

「……原因是什麼？」

『原因？』

「尤莉絲要這麼做的原因。如果不是事關重大……不，無論有任何原因，她都不是會主動希望這麼做的人。」

『這個呢……我不能告訴你原因，但是可以透露原委。單純只是奧菲莉亞小姐一時興起。』

馬迪亞斯略為思考之後才開口。

『我只能說，奧菲莉亞小姐選擇了她。雖然這種多愁善感既愚蠢又無意義……不過我也是同一類人，我沒辦法否定她。即使我對里斯妃特同學漠不關心，但還是同情她。因為她目前被迫獨自一人背負這個世界。』

即使馬迪亞斯這番話讓人一頭霧水，但綾斗也知道，他不打算說出原因。

（但是聽他的口氣，他似乎很了解奧菲莉亞。該不會《孤毒魔女》也和金枝篇同盟有關吧……？）

『那麼——我很期待明天的比賽。加油啊。』

他說到這裡，通話便『嘟』一聲中斷。

即使綾斗緊咬牙根，依然立刻撥打克勞蒂雅的電話號碼。

總之現在得先取消棄權的申請才行。

＊＊＊＊

「——《王龍星武祭》準決賽第一回合，比賽開始！」

比賽甫一開始，綾斗便往前衝，一口氣縮短間距。不過飛過來的煌式遠距引導武裝，正好插在綾斗與尤莉絲的中間位置。

「綻放吧——赤壁斷焰華！」

隨後噴出巨大的火牆，阻擋綾斗的去路。之前綾斗與尤莉絲在《鳳凰星武祭》與界龍搭檔決鬥時，就以這一招分隔舞臺。

綾斗以手中的《黑爐魔劍》一閃，撕裂了高度將近十公尺的劫火壁壘，強行突破。

但是搶在綾斗跨越前，尤莉絲早已布下另一種設置型能力。

「綻放吧，榮裂炎爪華！」

綾斗的腳下一浮現魔法陣，帶有利爪的火焰手指頓時出現，即將掐住綾斗。這是尤莉絲擅長的多重啟動設置型能力。

早就料到這一招的綾斗並未移動，同樣以《黑爐魔劍》斬除火焰爪。

另一方面，尤莉絲已經趁機與綾斗拉開充分距離。

她的腳邊有好幾片手掌大小的火焰翅膀，拍動得宛如搖晃般。

極樂雛鳥輝翼。

這項加速輔助能力，尤莉絲在迎戰武曉彗時也使用過。

『比賽剛開始就上演華麗攻防戰！發動先攻的是天霧選手，不過里斯妃特選手的火焰能力擋住了他！您怎麼看呢，札哈露拉小姐？』

『天霧綾斗當然希望打近身戰。至於尤莉絲＝愛雷克希亞・馮・里斯妃特……名字真長呢。里斯妃特雖然也能近身戰鬥，但是與天霧綾斗交鋒的話，她毫無勝算可言。況且她的右手似乎也折斷了。如此一來肯定想盡可能拉開距離戰鬥。即使以結果而言，戰況一如里斯妃特所料，但接下來能撐多久呢……正因為兩人都知道彼此的底牌，肯定不會輕易使出決定性的一擊。』

沒錯。

的確如札哈露拉所說，綾斗很了解尤莉絲的招式，尤莉絲也對綾斗的動作瞭若指掌。如果兩人和以前一樣，戰況就像紗夜與蕾娜媞的比賽。尤莉絲貫徹遠距離戰鬥，綾斗則想辦法追上去打近戰。

可是綾斗和尤莉絲的實力都有進步。

尤莉絲與武曉彗決鬥時使出的各種進化的新招，看在綾斗也中也大感驚訝。尤其是堪稱勝負關鍵的毒炎，連綾斗都得十分小心才行。

同時照理說，尤莉絲也在提防綾斗的新能力。

那就是——

「上吧，《黑爐魔劍》。」

宛如呼應綾斗的聲音，《黑爐魔劍》陡然一震，脫離綾斗的手飄浮在空中。

然後直接劃破風勢，猛然撲向尤莉絲。

「嘖……！」

尤莉絲讓煌式遠距引導武裝散開，勉強躲過這一擊。即使以煌式遠距引導武裝防禦，也只會遭到斬燒，尤莉絲才會讓武裝避難吧。

『出現啦！是上一場半準決賽中，使出的遠距操縱純星煌式武裝！無法防禦的斬擊撲向里斯妃特選手！』

『連遠距離都能使用天霧辰明流的劍技，的確是相當大的優勢。不過似乎比不上本人直接使出的威力呢。』

這不知道是本屆大賽第幾次了，綾斗再度對札哈露拉的慧眼讚嘆不已。

實際上，即使《黑爐魔劍》透過綾斗的意志自由活動，速度與犀利度還是比親手揮動時差了一截。因為劍術的實力強弱，取決於透過實質鍛鍊形成的肌肉記憶。

不過照理來說，尤莉絲無法持續閃躲這些攻擊。

可是尤莉絲卻以些微差距，不斷躲過四處飛舞的《黑爐魔劍》攻擊。

原因可能有二。

其一，尤莉絲的反應速度比以前有大幅進步。可能經歷過相當嚴苛的修行吧。

另一項原因則是。

『——幻影嗎。真了不起啊，里斯妃特。』

即使從遠處觀察，都看得出尤莉絲彷彿出現好幾個身體在晃動。

這招應該是與武曉彗決鬥時使用的幻影。因此才會讓間距出現些微誤差。不過幻影分身等招式照理說對綾斗無效，因為有天霧辰明流的知覺擴充技術『識』的境地。

但是像尤莉絲這樣，分身與自己原本的身體重合就很難判斷。『識』的境地是綜合氣息、空氣流動、氣味與聲音等所有五官情報，掌握四周的情況。但尤莉絲的幻覺甚至帶有氣味與聲音。

照理說提高『識』的境地精確度就足以辨別，但這樣就必須縮小範圍。換句話說，得縮短兩人距離至一定程度，如此就失去了遠距離攻擊的意義。

「你可別太小看我，綾斗！綻放吧——九輪舞焰花。」

此時尤莉絲左手的新星旋劍使勁一揮。

出現在她身旁的幾十顆火球同時發射。

「唔……！」

數量這麼多，要全部躲開是不可能的。

綾斗模仿界龍拳士，將星辰力集中在拳頭上，空手迎戰火球。

命中同時爆炸的火球，每一顆的威力都遠大於以前。但並未超過提高星辰力的綾斗防禦力。總之綾斗拚命死守，同時躲避與迎擊，連反擊帶防禦才勉強熬過。

「這麼多火球同時攻擊都幾乎無傷嗎……不論是你還是武曉彗，真的都像怪物呢……！」

「不，剛才這招威力十足呢。」

綾斗將《黑爐魔劍》召回手中，同時回答懊悔地開口的尤莉絲。實際上綾斗並未完全無傷，而是受到一定程度的衝擊與一些燙傷。

但如果《黑爐魔劍》在手，剛才的火球也幾乎可以一劍斬除。所以最好別隨便讓魔劍離手。

『天霧選手現在讓《黑爐魔劍》回到手中了！』

『很聰明的決定。迎戰《魔女》或《魔術師》時，《黑爐魔劍》在防禦層面的優勢大於攻擊層面。更何況天霧綾斗這種劍技超群的劍士。』

（可是如此一來……）

綾斗原本想盡早結束比賽。這不是瞧不起尤莉絲，而是肯定她的實力。如果純論體能，尤莉絲根本無法與武曉彗相提並論。但尤莉絲最後獲勝——當然也有運氣成分——證明她的戰術與多采多姿的能力組合，隱藏足以顛覆實力差距的潛力。如果時間拖太久，難免落入尤莉絲的圈套。可是以現在的情況來看，快攻也有相當風險，一不小心可能會露出破綻。

那究竟該怎麼做呢。

「……沒辦法了。」

綾斗下定決心。

雖然對尤莉絲過意不去，但自己要確實獲勝。

「唔……？」

尤莉絲似乎也發現綾斗改變了戰鬥方式。

表情訝異的尤莉絲再度拉開一步距離，新星旋劍往下一揮。

「盛開吧——六瓣爆焰花！」

這是尤莉絲最擅長的火焰花。

「熊熊燃燒吧！」

以煌式遠距引導武裝為媒介，讓萬應素與星辰力的既有結合模式同步。火焰花威力增幅後撲向綾斗。

但綾斗卻一劍將巨大的火焰花瓣斬成兩半。

「……！」

尤莉絲見狀，驚愕地表情扭曲。以極樂雛鳥輝翼低空滑行，同時使出下一招。

「盛開吧——赤圓灼斬花！」

十幾個火焰利刃旋轉的灼熱戰輪，同時發動攻擊。綾斗卻依然以《黑爐魔劍》一閃，斬落所有戰輪。

「唔……！」

而且同一時間，綾斗還緩緩步行追上尤莉絲，逐漸縮短間距。

綾斗的動作並不著急。如果尤莉絲發動攻擊，就以《黑爐魔劍》迎擊。一邊提防設置型能力，同時單純往前走，一點一點削減尤莉絲的行動範圍。

意思是完全從正面攻擊。

不論尤莉絲有什麼招式，只要是屬於《魔女》的能力，就不可能超越純星煌式武裝《黑爐魔劍》。以綾斗的反應速度，只要提高警戒，即使是設置型能力都能在啟動前躲避。

不論尤莉絲安排多少策略，只要仔細確實地一一解決，就不會演變成重大威脅。

這種戰術很沒意思，樸實而無聊。

「真討厭……！不過這樣如何……！」

尤莉絲嘴裡喊著，同時重新舉起新星旋劍。

萬應素在她的周圍晃動，捲起火焰漩渦。

「綻放吧──灼焰舞踏華！」

火焰漩渦轉眼間改變外型，變成孩童般大小的人偶。

總共出現了六具熊熊燃燒的火焰人偶。

「上吧！」

號令一出，火焰人偶立刻蹬地，衝向綾斗。

──很快。

火焰人偶的速度快得讓人瞠目結舌。

動作兼具跳舞般的優雅與犀利，看起來一點也不像是由能力產生。

「呵呵，這是參考你和梅小路冬香的比賽後想出來的新招！」

「那場比賽……？」

換句話說，尤莉絲只花不到一天就設計出這一招。

即使對尤莉絲的說法感到驚訝，綾斗依然橫掃《黑爐魔劍》迎擊人偶。

但是火焰人偶靈巧地躲過了這一劍。

「哎呀……」

火焰人偶隨即衝進綾斗的間距內，宛如界龍拳士般揮拳動腳。

綾斗往後一跳躲避，但這些火焰人偶也順勢追擊。體術相當了得。

「梅小路冬香能控制力量比自己強大的式神，我對這種流派很感興趣。當然我不可能在短時間內模仿像魏嶽那麼厲害的式神。不過這些人偶們的近戰體術，是不是比我強多了？」

「……原來如此。」

這些火焰人偶每一具都頗強。但它們不像冬香的式神一樣，基於自由意志活動。似乎依然是模仿事先決定好的動作。不過動作如此精湛，代表模仿的動作原型可能相當厲害。

不過──

「天霧辰明流劍術奧傳──『遊摺破』。」

綾斗以斜肩一劍劈中跳進間距的一具火焰人偶。收刀時又砍中一句。往後跳躲避踢腿的同時，靠反擊再消滅一句。然後綾斗扭動身體，同時斬斷繞到身後的兩具人偶脖子。最後迅速改變握劍的方式，劍尖刺中僅剩人偶的腹部。

六具人偶頓時消散。

「什麼……！」

尤莉絲露出難以置信的表情後退一步。

天霧辰明流在亂鬥中才能發揮真正的價值，是專門一對多的招式。只要冷靜應對，就不會輸給沒有自我意志的人偶。

「還，還沒完呢……！」

不過尤莉絲依然接連使出招式。包括火焰刀刃、火焰長槍、熱浪、火球、火焰鳥、灼熱的椎體，以及無數火球撲向綾斗，但綾斗都一一破解。這代表綾斗與《黑爐魔劍》的力量壓倒性地強大。

這種很難算是攻防的攻防戰持續了好一段時間──

「綻放吧──吞龍咬焰花！」

尤莉絲釋放的炎龍，輕易被綾斗的《黑爐魔劍》一劍斬斷。

綾斗終於將尤莉絲逼到舞臺角落。

『好、好強啊！天霧選手實在太強了！里斯妃特選手多采多姿的絕招，對他完全發揮不了作用！』

『雖然是靠《黑爐魔劍》，不過兩人的水準有差呢。里斯妃特的招式除非威力特別強，否則無法對天霧綾斗造成傷害。大招容易被識破，遭到《黑爐魔劍》擋下。但就算要以數量取勝，小招又無法突破天霧綾斗的防禦。戰況對她而言相當嚴苛呢。』

「呼……呼……！」

背靠防護障壁，喘氣的尤莉絲瞪著綾斗。

「真是的……你打擊我內心的方式真是毫不留情啊，綾斗。」

「……抱歉。」

綾斗坦率地道歉。

「不過這也沒辦法。如果沒有足夠的實力差距，就無法達到如此穩如泰山的正面進攻。這個結果就是如今你我的明顯實力差距……不，之前與武曉彗決鬥時，要是他沒有樂在比賽，或許也會變成這樣。」

距離綾斗的攻擊間距，剩下半步。

但是尤莉絲的眼神尚未放棄。她可能還有最後的招式。

現在還不能隨便往前衝。

既然貫徹到現在，必須始終保持謹慎。

「我以為自己早就知道差距……但真是後悔啊。」

說到這裡，尤莉絲緊咬嘴脣到滲血。

「如果……如果這只是單純的準決賽，或者只是普通的決鬥，我也會選擇不同的戰法。」

「決鬥，是嗎……呵呵，真懷念。你轉學來的那一天，彷彿遙遠的往事呢。」

尤莉絲帶有幾分寂寞地喃喃自語。

「尤莉絲，我再問妳一次。是什麼原因驅使妳這麼做？為什麼要犧牲這麼多……」

「真是囉嗦。我應該說過，這個問題我不能回答你。就算知道原因，你也無能為力。」

「──憑我也能戰勝《孤毒魔女》。」

綾斗斬釘截鐵地表示。

奧菲莉亞的力量的確很強大。光看她之前比賽的表現，毫無疑問是本屆參賽選手中最強的。但是綾斗有《黑爐魔劍》。以前在萊澤塔尼亞交手時雖然輸給她，但現在的綾斗甚至能以《黑爐魔劍》斬除奧菲莉亞的毒素。

「沒錯，你比我強，還有《黑爐魔劍》。應該有機會戰勝奧菲莉亞。」

「那麼……！」

「但只有這樣不行啊。光贏她是沒有用的。」

尤莉絲露出危險的眼神。灰暗的眼神充滿絕望與決心，看得人背脊發涼。

綾斗再度窺見她肩負的事物有多沉重。

但綾斗還是不能放任她。

其實綾斗知道尤莉絲多麼重視奧菲莉亞。不論出於任何原因，尤莉絲的內心肯定無法承受親手殺害奧菲莉亞的罪惡感。

「如果真的有必要這樣，到時候我會──」

「……你說什麼？」

這一瞬間，尤莉絲瞪著綾斗的眼眸出現憤怒的神色。

「剛才你想說什麼……？」

尤莉絲散發前所未有的強烈怒意。綾斗第一次見到尤莉絲這麼生氣。

「說什麼鬼話……你這是什麼鬼話，什麼鬼話！你！尤其是你，居然會說出這種話……！」

大顆的淚珠從尤莉絲的瞳眸滑落。

「尤莉絲……」

「奧菲莉亞的確是我無可取代的朋友！重要的朋友！如果我非得對她下毒手，那還不如死了算了！可是綾斗！你也是啊！對我而言，你也是同樣重要的對象！」

眼淚沾溼臉頰，滿臉怒容的尤莉絲大喊。

「拜託你！拜託你明白，綾斗……！我喜歡你……！自己最愛的對象要殺死自己最重要的朋友，這叫我怎麼承受……！」

尤莉絲聲嘶力竭地懇求。

綾斗對自己糊塗的發言感到丟臉。

「……抱歉，尤莉絲。」

綾斗再一次道歉。

尤莉絲伸手擦了擦眼淚，以通紅的眼睛緊盯綾斗開口。

「不，我不會原諒你。不過你讓我清醒了。面對你這樣的對手，我居然還想保留實力戰勝你。有這種想法的我真是膚淺。」

面露無畏的笑容後，尤莉絲圍繞著自己設置煌式遠距引導武裝。

這一瞬間，四周的萬應素明顯晃動。

「！」

一股前所未有的氣氛讓綾斗迅速往後跳，拉開距離。

（這股感覺……是怎麼回事……？）

「如果我就此落敗，一切就結束了。所以我不會再保留餘力。即使今天在此耗盡力量，我也一定要達成目標！」

仔細一瞧，尤莉絲身邊冒出幾團藍白色的火焰飄浮。

尤其在她的身後，白色花瓣逐漸形成純白的翅膀。

「看仔細了，綾斗。這些花瓣從綻放到枯萎的十二秒之內——我將是世界最強。」

尤莉絲如此宣告的同時，背後的花瓣跟著綻放。

「開花吧——月華美人。」

下一瞬間，尤莉絲的身影頓時消失。

「!?」

不，並不是她消失。而是綾斗的眼睛幾乎追不上她。

尤莉絲一瞬間切入綾斗的懷中。隨即以本應折斷的右手，一掌打向綾斗的心

窩。綾斗根本來不及躲避，也無法防禦。

衝擊力導致綾斗的身體被打飛幾十公尺。這一掌的強度與沉重甚至超越與無數式神合一後，巨大化的魏嶽。

「咕、唔……！」

綾斗好不容易恢復平衡起身。只見滿不在乎站著的尤莉絲，以新星旋劍的劍尖指著綾斗。

「綻放吧——六瓣爆焰花。」

難以置信的大量萬應素晃動，出現藍白色的巨大火球。而且大得離譜。

「嘖……！」

綾斗以《黑爐魔劍》一刀斬斷發射的大火球，但火球同時大爆炸。這次爆風炸飛了綾斗，導致綾斗狠狠撞上地面。

老實說，綾斗連發生了什麼事都不知道。

那招叫月華美人的，可能是強化自身能力的招式。但是強化的幅度非比尋常。例如席爾薇雅也經常唱強化體能的歌曲，但頂多提升五十%。感覺上冬香的『式府混交』應該也頂多兩倍。而這樣就讓冬香的身體難以負荷。可是她們兩人的招式完無法與月華美人相提並論。

而且月華美人不只強化體能，甚至包括身為《魔女》的能力。光看剛才六瓣爆焰花的火力，可不只兩三倍。說不定——將近十倍。

仔細一瞧，尤莉絲全身都彷彿燃燒著藍白色火焰。肌膚、秀髮，連身上的制服都似乎與火焰化為一體。此時她背後的白花已經枯萎了將近一半。

如果完全相信尤莉絲說的話，代表是限定十二秒的強化。

但是有誰能承受現在的尤莉絲攻擊十二秒呢。

「結束了，綾斗。」

說著，尤莉絲高舉新星旋劍，只見上頭——

「綻放吧——六瓣爆焰花．多重開。」

出現剛才的大火球，總共八顆。

「這下子……可傷腦筋了……」

手持《黑爐魔劍》的綾斗，忍不住說出這句話。

然後——

「天霧綾斗，校徽破損。」

「比賽結束！勝者，尤莉絲＝愛雷克希亞．馮．里斯妃特！」

終章

「學、學長，您辛苦了……！」
「辛苦了，綾斗。真是可惜呢。」
「辛苦啦，綾斗。」
綾斗一回到休息室，擔心綾斗的三人便面露笑容迎接。包括綺凜、克勞蒂雅，以及即將參加準決賽第二場比賽的紗夜。出乎眾人的意料，確定參加準決賽的紗夜本來應該在自己的休息室。她似乎是特地來慰勞綾斗的。
「……哎呀，徹底輸了呢。」
同樣一臉苦笑的綾斗回答三人。他身上的制服到處都是焦痕，還有一些燙傷，不過除此之外沒有重傷。即使免於直擊，但是挨了最後的大火球僅受到這樣的輕傷，實在堪稱奇蹟。
「畢竟最後尤莉絲展現的力量強得離譜。沒辦法。」
「對、對呀！連我都幾乎追不上尤莉絲學姊的動作呢……」
「連綺凜妹妹的眼力都沒辦法嗎……這麼說來，尤莉絲之前的說法可能屬實呢。」
綾斗倒在沙發上吁一口氣，克勞蒂雅隨即幫忙遞過一杯水。含一口水在嘴裡，綾斗頓時覺得涼意滲入發熱的身體。
「尤莉絲說過什麼？」
「噢……聽她說，在發動那一招的十二秒鐘之內，堪稱世界最強。」
事到如今，綾斗也不懷疑這一點。
在綾斗的認知中，大概只有星露或奧菲莉亞能對抗那種狀態下的尤莉絲。赫爾加的話，應該有可能吧。
「十二秒……原來有時間限制啊。」
綺凜點點頭表示明白。
「如此一來，很可惜尤莉絲不能和我們並肩作戰……如果有那股力量，或許能對抗馬迪亞斯與《瓦爾妲＝瓦歐斯》呢。」
「尤莉絲是我們的夥伴啊。只不過她現在有該做的事。」
綾斗提醒惋惜地嘆氣的克勞蒂雅後，克勞蒂雅隨即吐了吐舌頭。
「哎呀，不好意思。是我失言了。」
「不過聽妳的說法……似乎果然沒抓到馬迪亞斯呢。」
聽到綾斗這句話，克勞蒂雅與綺凜都一臉愁容。
「嗯，沒錯。赫爾加隊長與遙小姐今天早上衝進營運委員會總部。但聽說馬迪亞斯已經不見蹤影，而且沒有人知道他去哪裡。」
「今天早上？」

綾斗是昨天晚上拜託英士郎聯絡警備隊，告知馬迪亞斯的情報。警備隊照理說是二十四小時運作，如果他們要行動，應該能更快出馬。

綾斗的臉上出現疑問，克勞蒂雅苦笑以對。

「很可惜，銀河沒有同意。對他們而言，找到《瓦爾妲＝瓦歐斯》始終是最優先任務。馬迪亞斯只是附帶的。在鎖定《瓦爾妲＝瓦歐斯》的所在位置之前，銀河大概還想再放任他一段時間。」

「怎麼會……」

「結果似乎是赫爾加隊長力排眾議。況且……這樣講似乎像在說風涼話，但就算昨晚行動，應該也抓不到他。」

的確是這樣。

否則馬迪亞斯就不會冒這種風險，直接聯絡綾斗了。

「更重要的是，奧菲莉亞・蘭朵露芬與金枝篇同盟的核心成員勾結。這才應該擔心。」

說到這裡，紗夜氣勢十足地哼了一聲。

畢竟她等一下就要與奧菲莉亞比賽。

「可是無法佐證這一點呢。」

這終究是綾斗透過馬迪亞斯的口氣所做的推斷。

「可、可是，雷渥夫的學生會長與金枝篇同盟有密切關係。所以不是不可能吧……？」

綺凜說得沒錯。雷渥夫黑學院的學生會長，狄路克・艾貝爾范很可能是金枝篇同盟的成員之一。他拉攏奧菲莉亞入學，並且在建立學生會長地位的過程中，大大利用了奧菲莉亞。考慮到這些情況，他們很有可能都屬於同一個組織。

「母親也調查過這些事情。總之目前確定金枝篇同盟有以下四人：《處刑刀》，也就是《星武祭》營運委員長馬迪亞斯・梅薩。還有雷渥夫黑學院學生會長，狄路克・艾貝爾范。以及竊取烏絲拉・思文特身體的純星煌式武裝《瓦爾妲＝瓦歐斯》。加上聖嘉萊多瓦思學園的帕希娃・嘉多娜。」

「而且毫無疑問，艾涅絲姐・裘奈也在幫助他們。」

紗夜正待舉起裹在繃帶內的右手……結果痛得邊皺眉邊說。

「這終究是紗夜妳的直覺吧？沒有證據就無法斷言。當然，我們會納入考慮。」

「還，還要加上奧菲莉亞・蘭朵露芬小姐，是嗎……」

後面兩人雖然只是有可能，但都是厲害人物。

「總之目前先一邊尋找馬迪亞斯，同時多方面調查這幾人——」

克勞蒂雅說到這裡，空間視窗開啟，告知有客人來訪。

畫面中出現的容貌是……

「尤莉絲……!?」

綾斗急忙開門，只見剛才在舞臺上激烈交鋒的對象就站在門外。

「噢，原來妳們也來了啊。真的好久不見了……」

尤莉絲滿臉疲憊，卻依然堅強地露出笑容。但她正要進入房間時，突然腳步不穩，差點要倒下去。

「尤莉絲學姊！」

情急之下，衝上前的綺凜攙扶尤莉絲的身體。

「呼……抱歉啊，綺凜。」

「這、這點小事，沒關係……」

借靠著綺凜肩膀，坐在沙發上的尤莉絲深深吁了一口氣。

「真是的……一點都看不出像是勝利者呢，尤莉絲。」

「別這麼苛求，克勞蒂雅。我已經很努力撐著了。」

尤莉絲聲音聽起來還很疲憊，不過已經略為恢復以前的開朗。可能是與綾斗比賽過後，卸下了肩上的一項重擔。雖然她的重頭戲是明天，但綾斗也很了解她的心情。

「話說這時候，本來不是應該正在接受勝利者採訪嗎？」

「當然早就取消了。我都累成這樣了啊？」

揮揮手的尤莉絲隨口表示。

「最後那一招似乎消耗相當劇烈呢？」

「……月華美人會徹底耗盡體力、精神力與星辰力。光是星辰力沒有中斷就很強了。」

「難、難道學姊要以這樣的狀態參加明天的決賽嗎……？」

綺凜戰戰兢兢地詢問，尤莉絲隨即瞪了她一眼，簡短回答。

「那當然。」

「哎呀……那妳應該盡早回去休息才對，為何又來到這裡？」

不過克勞蒂雅一問，尤莉絲跟著露出複雜的表情垂頭喪氣。

「這……」

然後抓了抓頭，斜眼一瞥綾斗。

「你似乎一直以自己的方式關心我，所以我想向你解釋清楚。」

「向我嗎？」

「我明天的確打算親手殺害奧菲莉亞。」

「！」

「什麼……!?」

「……！」

第一次聽到這件事的三人都愣住。這也難怪。

「不過——這終究是我的決心。在最後的一瞬間之前，我都會試圖說服她，也不打算放棄。所以，怎麼說呢……不必太擔心。」

說到這裡，尤莉絲轉過頭去。

「尤莉絲……」

綾斗再度為自己的愚蠢感到難為情。

尤莉絲很強。

那麼她肯定會憑自己的力量，爭取最好的結果。

目前綾斗能做的，就是相信她。

「……嗯，對了。」

這時候紗夜半瞇著眼睛開口。

「等一下我明明要賭上通往決賽的門票，與《孤毒魔女》決鬥。為什麼說得好像我一定會輸啊。」

「……啊。」

這次換尤莉絲愣住。

「呃，這個，沒有啦，我……我不是懷疑妳的實力……！」

「是嗎？」

紗夜依然半瞇著眼，緩緩逼近尤莉絲。

「就是，我的意思是，呃……老實說，我以為妳會在準決賽棄權……！」

說到這裡，尤莉絲望向紗夜的雙手。

「妳的雙手都不聽使喚了吧。加上迎戰蕾娜媞時，妳的主力煌式武裝應該已經毀損大半。而且不是一兩天內能修復的。那項離譜的超巨大煌式武裝啟動太花時間，更何況……妳不是已經達成目的了嗎？」

當初紗夜參加《王龍星武祭》，就是為了與莉姆希決鬥。莉姆希輸給蕾娜媞後，以結果而言紗夜幫她報了仇。不過紗夜等於已經達成了參賽的目的。

「照理說妳沒必要特地與奧菲莉亞決鬥吧。」

「……嗯，推測得很準確。不愧是尤莉絲。」

聽到這裡，紗夜滿足地點點頭。

「事實上，我原本想棄權。即使是我也無法在這種狀態下戰勝《孤毒魔女》。只不過我還想嘗試某些東西，所以才沒棄權。」

「想嘗試某些東西？面對奧菲莉亞？」

紗夜再度對訝異的尤莉絲點頭。

「放心，我不會妨礙妳。我會確實讓《孤毒魔女》晉級決賽，妳儘管放心備戰吧。」

「……妳到底想做什麼？」

「祕密。」

紗夜的回答似乎讓尤莉絲空歡喜一場。不過尤莉絲迅速放棄追問，搖了搖頭。

「那我就期待妳的表現吧。畢竟我無法想像妳要做什麼。」

「呵呵呵。」

與紗夜彼此露出無畏的笑容後，尤莉絲從沙發上起身。

「那麼我先走一步了。」

她的腳步還有些不穩，卻伸出一隻手制止了即將上前攙扶的綺凜。

這應該是她的矜持。

綾斗朝獨自離開房間的尤莉絲身後開口。

「──尤莉絲，我相信妳會勝利。相信妳會戰勝一切。」

「是嗎？」

尤莉絲的回答很簡短。

不過她正要離開休息室時，忽然在門前轉過身來。

「噢，對了。我不希望你認為我趁亂開口，所以我要說清楚。剛才在舞臺上的那番話，是我毫無掩飾的坦率想法。所以──」

然後尤莉絲對綾斗露出淡淡的微笑。

「等一切都結束後，也讓我聽聽你的心意吧，綾斗。」

「──！」

見到尤莉絲的笑容，綾斗的心臟頓時劇烈地撲通一聲。

「……哎呀，你似乎累積了不少作業呢，綾斗？」

宛如嘲笑綾斗般，克勞蒂雅笑咪咪地開口。

後記

大家好，我是三屋咲悠。

真的很抱歉，《學戰都市Asterisk》第十五集讓大家等了這麼久。這一集的後記依然有重大劇透，尚未閱讀本篇故事的讀者敬請注意。

首先向大家道歉。綺凜在封面登場，卻幾乎沒有在本集中露面與活躍。雖然封面角色是輪流登場，不過難得okiura桑幫忙繪製精美的插圖。我原本想嘗試塞進一點劇情……結果只增加了幾頁而已。因此下一集一定會為綺凜，以及同樣沒機會展現身手的克勞蒂雅安排精采的劇情。敬請各位粉絲們見諒。

本集《王龍星武祭》繼續開打，終於來到準決賽。我個人很喜歡紗夜ＶＳ蕾娜媞之戰。紗夜那項超級無敵蠢的煌式武裝，是當初設計沙沙宮紗夜這個角色時就決定「她的最終武器就是這樣」。如今終於有機會登場，真是感動啊。

提到當初就決定好的橋段，其實綾斗與尤莉絲的決戰也是在故事初期階段就確定的。畢竟男女主角決鬥是固定套路了，可能早就有許多讀者猜到這一點。不過身為作者，成功跨越一道劇情顛峰後，感覺終於可以鬆一口氣。

反倒是艾略特等角色，在劇中的活躍超乎作者的預料。回顧他的劇情後才發現，每次他登場的待遇都很差。這一集算是多少有點回報吧。

關於奧菲莉亞ＶＳ席爾薇雅之戰，動畫盒裝版的特典中有收錄單回短篇，描寫兩人的首次對決。其實我個人很喜歡那集短篇。還特地留意過，以免日後單純描寫對戰時還得重寫。由於這場比賽繼承了烏絲拉與席爾薇雅的關係、尤莉絲與奧菲莉亞的關係，以及第五輪的席爾薇雅ＶＳ奈托涅菲爾之戰。我希望這場比賽能順著主線劇情發展。

本集的後記頁數較多，機會難得，就聊聊綾斗ＶＳ冬香的比賽吧。冬香在作品中提到過許多次，明明是個人戰，卻只有她是以團隊參賽。而且她的所有隊員都超強，卻絲毫不覺得自己的作風堪稱犯規。這就是她的角色概念。其實我原本想多加點展現體術的橋段，但最後還是忍痛放棄。

由於登場角色眾多，若要描寫所有人，頁數再多都不夠，而且故事也很難發展。這一點每次都讓我傷透腦筋，但身為作者，還是希望盡可能多寫一點……只不過最後經常五味雜陳，卻又依依不捨砍掉大半內容。

總而言之，下一集就是《王龍星武祭》決戰，以及金枝篇同盟與綾斗等人的全面對決。Asterisk 也即將進入劇情的高潮，敬請大家支持到最後。

這一次同樣由衷感謝以美麗又可愛的封面綺凜為首，提供精美插圖的 okiura 桑。描繪綾斗與尤莉絲決鬥的彩頁真是魄力十足。

最後這次依然受到許多人的幫助。

包括持續造成您龐大負擔的責編O桑，接續監修京都腔等方面的S女士。以及這次同樣在火燒屁股的進度下一直給各位添麻煩的各位編輯部同仁、諸位校正人員。當然也包括每次都支持本作品各位讀者，在此向所有人致上最大的謝意。希望能和各位在下一集見面。

二〇一九年十一月　三屋咲悠

學戰都市
ASTERISK

浮文字
學戰都市Asterisk（15）劍雲炎華
（原名：学戦都市アスタリスク15 剣雲炎華）
作者／三屋咲悠　封面插畫／okiura　譯者／陳冠安
執行長／陳君平　榮譽發行人／黃鎮隆
協理／洪琇菁　國際版權／黃令歡
執行編輯／呂尚燁　美術主編／陳聖義
企劃宣傳／洪國瑋
出版／城邦文化事業股份有限公司　尖端出版
台北市中山區民生東路二段一四一號十樓
電話：（〇二）二五〇〇七六〇〇　傳真：（〇二）二五〇〇二六八三
E-mail：7novels@mail2.spp.com.tw
發行／英屬蓋曼群島商家庭傳媒股份有限公司城邦分公司　尖端出版
台北市中山區民生東路二段一四一號十樓
電話：（〇二）二五〇〇—七六〇〇（代表號）
傳真：（〇二）二五〇〇—一九七九
中部以北經銷／楨彥有限公司
電話：（〇二）八九一九—三三六九
傳真：（〇二）八九一四—五五二四
雲嘉經銷／智豐圖書股份有限公司　嘉義公司
電話：（〇五）二三三—三八五二
傳真：（〇五）二三三—三八六三
南部經銷／智豐圖書股份有限公司　高雄公司
電話：（〇七）三七三—〇〇七九
傳真：（〇七）三七三—〇〇八七
一代匯集／香港九龍旺角塘尾道六十四號龍駒企業大廈十樓B&D室
電話：（八五二）二七八三—八一〇二
傳真：（八五二）二七八二—一五二九
馬新經銷／城邦（馬新）出版集團　Cite(M)Sdn.Bhd.
E-mail：Cite@cite.com.my
法律顧問／王子文律師　元禾法律事務所
北市羅斯福路三段三十七號十五樓
二〇二二年十一月一版一刷

■中文版■

郵購注意事項：
1. 填妥劃撥單資料：帳號：50003021戶名：英屬蓋曼群島商家庭傳媒（股）公司城邦分公司。2. 通信欄內註明訂購書名與冊數。3. 劃撥金額低於500元，請加附掛號郵資50元。如劃撥日起 10～14日，仍未收到書時，請洽劃撥組。劃撥專線TEL：(03) 312-4212 ・ FAX：(03) 322-4621。E-mail：marketing@spp.com.tw

國家圖書館出版品預行編目資料

學戰都市Asterisk / 三屋咲悠 著 ; 陳冠安 譯.
--1版.--臺北市：尖端出版, 2022.11 面 ; 公分.--(浮文字)
譯自:学戦都市アスタリスク
ISBN 978-626-338-575-7(第15冊：平裝)

861.57 111015331